LE CHAT PORTE-BONHEUR

LE CHAT PORTE-BONHEUR

LYVIA D'ALCHÉ

City
Poche

Photo de couverture : Shutterstock/Studio City

ISBN : 978-2-8246-1883-8
Code Hachette : 59 0980 3

Collection dirigée par Christian English & Frédéric Thibaud.
Catalogue et manuscrits : city-editions.com

Dépôt légal : Juin 2021

À Julien et Yasmina.
Et aussi à Pikabou, Sissi,
Cendrillon, Beluga...
À toutes ces petites boules d'amour
qui ont traversé nos vies.
Qu'on appelle les chats.

1

Appelons un chat un chat !

Je suis un chat qui a réussi dans la vie. On peut le dire ! J'ai le gîte, le couvert, mon vétérinaire référent, avec qui j'entretiens des rapports courtois, ma mutuelle. L'indispensable et le super superflu. Mais surtout, ce qui n'est pas donné à tout animal dit de compagnie, l'amour inconditionnel de ma maîtresse, Maman Pilar. Et je peux vous dire que c'est réciproque. J'ai hérité de l'indépendance, de la fantaisie, de la débrouillardise et du sang neuf de ma mère, Mimi, gouttière pure race. De la grande intelligence et de la distinction de mon châtelain de père, Einstein, abyssin pedigree LOF certifié, tombé amoureux d'une roturière de passage, recueillie par les gardiens du domaine.

« Aie confiance, mais sache en qui » est la devise familiale depuis des générations côté paternel. Et ça fait partie de mon héritage !

Il faut savoir comment Maman Pilar parle de moi, à qui veut bien l'entendre :

— À mon Julio (prononcé à l'espagnole, avec le RRRR !), il ne lui manque que la parole !

Comme j'aimerais lui répondre dans sa langue à elle ! Lui dire simplement « Je t'aime ». Mais seulement dans mes rêves j'y arrive.

À vivre avec les humains, on finit par leur ressembler, malgré soi. Les imiter même ! Devant une mouche à ma patte, je me suis surpris pas plus tard que ce matin à vouloir la sauver à tout prix. Quelle jouissance de la relâcher dans la cour pour la voir voleter à l'air libre ! Moins culpabilisant en tout cas que de la martyriser avant de la gober. Où est passé mon instinct de prédateur ? Je suis devenu empathique. Je n'aime plus les insectes, du moins Maman Pilar m'a appris à les aimer trop. Autrement, surtout !

Par mimétisme, j'ai bien aussi essayé de marcher sur deux pattes, devant la grande glace dans l'entrée de l'immeuble. Avec un peu d'entraînement, on y parvient, mais on y perd en élégance et, au bout d'un moment… le ridicule, sous l'œil exorbité d'une voisine tapie dans l'ombre qu'on n'a pas sentie venir, tant l'exercice demande de concentration, tue ! Et puis je n'ai pas vocation à être un animal de cirque. Pour ce qui est de la parole, je n'ai pas encore eu le déclic. Pourtant, je comprends tout et possède même un vocabulaire plus riche que certains primates bipèdes.

Mais dès qu'il s'agit de prononcer le moindre mot, c'est une autre histoire, je fais un blocage ! Je ne suis pas comme mes cousins babouins qui eux peuvent prononcer les voyelles. Je ne m'avoue pas pour autant vaincu : en silence, dans mon coin, je progresse et attends le jour où je déboulerai avec un « Holà ! » très sonore. Ah ! si seulement vous pouviez imaginer le nombre de pensées, messages et non-dits qui défilent dans les yeux grands ouverts, pupilles contractées à leur maximum, d'un chat !

En attendant, Maman Pilar et moi, on a mis au point un langage bien à nous, silencieux mais infaillible, celui du regard. On se parle ainsi. Le secret pour y arriver ? « De l'amour ! De l'amour ! De l'amour ! » comme chantait notre Johnny national. Beaucoup d'amour !

J'ai le don (mais ça, je n'ai aucun mérite, c'est dans mes gènes !) de lire, visualiser les pensées dans n'importe quelle tête, voire anticiper les évènements importants à venir. J'ai aussi le pouvoir extraordinaire de télépathie, mais ce qui est plus rare avec vision à distance. Et pour peu que le partenaire soit un tant soit peu réceptif et médium, alors là, j'en arrive à m'épater moi-même !

Savoir d'emblée à qui on a affaire a le double avantage de prévenir des accrochages musclés et d'éviter de perdre son temps !... Pratique aussi de savoir à l'avance qu'à 15 h 30, on a rendez-vous chez le véto pour ses vaccins annuels typhus-coryza ! Sans pouvoir y échapper à tous les coups, cela permet de s'y préparer en douceur. Et, selon le vieil adage, ne vaut-il pas mieux prévenir que guérir ?

Maman Pilar me prête aussi des pouvoirs de grenouille !

Combien de fois n'ai-je pas entendu :

— Tiens, mon Julio est nerveux. Le vent va souffler !

Ou alors :

— Il éternoue ? Yé sens la plouie !

Aussi :

— Mon bébé ronronne, se frotte le mouseau partout en me faisant ses tout petits yeux ? Signe de grand soleil pour demain. On va pouvoir piqueniquer dans le yardin !

Et d'ajouter avec fierté après le journal télévisé, le nez sur l'écran de la carte météo d'Île-de-France :

— Mais vous n'y êtes pas du tout !...

Moi, je n'irais pas jusque-là. C'est vrai qu'il leur arrive de se planter. Mais, restons modeste, moi aussi !

Par contre, je suis d'accord avec les éthologues qui reconnaissent à certains animaux – et surtout aux chats – une sensibilité particulière à l'augmentation de la charge d'électricité statique, aux variations brusques du champ magnétique et à l'accroissement des vibrations du sol capable de nous faire détecter, bien avant eux, certaines catastrophes naturelles comme un tremblement de terre ou une éruption volcanique.

Merci, mon Dieu, pour moi et ceux que j'aime, de n'avoir pressenti jusqu'à présent comme phénomène violent que de gros orages dans le ciel parisien !

Je suis donc le « tabby » de la gardienne bien en chair d'un petit hôtel particulier de quatre étages, au fond d'une impasse du très chic ouest parisien, divisé en appartements pour la location – avec son jardinet à l'anglaise, derrière, dont j'ai la jouissance... Gardé volontairement dans son jus, un peu décadent « pour ne pas passer pour de nouveaux riches », mais discrètement équipé des dernières alarmes et caméras les plus sophistiquées. Volonté de la propriétaire qui occupe le dernier étage.

Je viens de fêter mes trois ans, avec tous nos amis. Quelle fiesta ! On en parle encore. J'ai été gâté : jouets, friandises, couffin, litière parfumée (ce n'est pas ma préférée...), mais surtout le super cadeau de Maman Pilar : une chatière transparente, vue panoramique sur le hall d'entrée, avec la bénédiction de la proprio, pour que je puisse entrer et sortir à ma guise de la loge ! Ça y est, j'ai mon permis de confiance !

Tout petit, il m'a fallu grandir très vite. Je n'avais pas le choix, question de survie ! Merci, Maman Pilar, en croisant mon regard sur ton paillasson un soir d'éclipse totale, d'avoir tout de suite compris à qui tu avais affaire : impossible de me mettre le collier au cou ! Merci, donc, de m'avoir donné une éducation très libre. En vrai sirop de la rue, j'ai pu arpenter le quartier en long, en large et en travers, de jour comme de nuit. Me castagner avec Cambronne, le cerveau du gang des greffiers du XVe. Et m'en faire un pote, par KO ! Comment ai-je réussi à l'éviter de justesse pour le voir taper, la tête la première, sur un réverbère éteint ? Encore, je me le demande ! Quand il est revenu à lui, j'étais devenu son ami pour la vie. Dans la poche, en bonus, mon examen de libre passage avec félicitations unanimes du jury – invitation permanente et protection totale sur son territoire !

J'ai dû apprendre sur le tas qui était qui pour m'éloigner des embrouilles. Éviter de me frotter à l'épicier, allergique au dernier degré aux poils de chat (le pauvre, il ne sait pas ce qu'il perd !...), lui épargnant de se transformer instantanément en petit-fils de Frankenstein, avec l'arrivée du SAMU et de ses sirènes, direction les urgences ! Et me dispensant aussi au passage du seau d'eau froide de sa femme ou d'un bon coup de balai sur ma tête !

Je me suis fait copain avec quelques commerçants : Viagra, le pharmacien (c'est son surnom : chaque soir, à la fermeture de l'officine, une nouvelle meuf ! Et quel morceau !), chez qui je me refugie les jours de pluie, sur le vieux pull en mohair qu'il m'a offert, entre deux cartons de livraison. Et LaSardine, la poissonnière. Et Maroilles, le fromager (mais juste un bonjour de loin en passant, à cause de l'odeur, qui colle au poil : Puirrr ! comme dirait l'autre. À faire le vide autour de moi !).

En général, je fais l'unanimité ! Il faut dire que je suis d'un naturel sociable. D'humeur égale, jamais agressif, amical avec les proies potentielles que je croise sur ma route. À quoi bon donner un coup de griffe alors qu'il est plus facile de donner un coup de tête ? J'ai la banane. Je suis bien dans ma peau tigrée. Tout baigne !

Une règle à laquelle il ne faut jamais déroger avec Pilar : être rentré pour cinq heures du matin sonnantes, avant la sortie des poubelles ! Sous peine de la voir froncer le sourcil pendant trois jours ! Elle tient à son gros câlin et moi aussi. Après avoir traîné dans l'air frais du petit matin, je kiffe grave de me lover un moment entre ses deux seins généreux, parfumés au Petit Marseillais ! S'ensuivent tartine-café au lait pour elle, croquettes pour moi, avec un chouia de beurre sur le bout de son doigt. Et voilà une nouvelle journée qui commence, avec toujours en fond sonore *Je n'ai pas changé* de Julio Iglesias, son idole qui est aussi devenue la mienne !

2

Chien et chat

La semaine dernière, Dolorès, une amie gardienne du VIIe arrondissement, a essayé de nous refiler un rejeton de Castagnette, sa loulou de Poméranie (Sent-la-Crotte, sans la vexer, pour les intimes !).

Heureusement pour moi, Maman Pilar préfère les chats ! Personnellement, je n'ai rien contre Castagnette. C'est plutôt une bonne copine, bien qu'un peu trop patte en l'air ! Mais elle est soûlante, bavarde comme sa mère : elle aboie toujours pour ne rien dire et manque sérieusement de conversation : « Sens ton cul, sens le mien, au revoir et à demain ! » En dehors de ça, aucune communication possible. Ce n'est pas comme mon pote Cambronne, le chef de bande de Charles Michels : lui… y a du vécu !

Mais revenons à Dolorès. Ses propos racistes envers les félidés reviennent en écho à mon oreille :

— Pilar, prendre un chat, tu veux me dire ce qui t'a pris ? Ça mange, ça dort, ça griffe les canapés et le reste !

En appuyant ses propos d'un frottement répété du pouce et de l'index :

— Et qu'est-ce que ça coûte ! C'est pas reconnaissant, pas franc du collier et, au moindre voleur, ça se tire ailleurs de peur ! Des parasites, j'te dis ! Un chien… (Les yeux au ciel, toujours suivis d'un signe de croix.) Ah ! c'est autre chose !

Et, posant un regard énamouré sur Castagnette :

— Un fidèle garde du corps, et passe-partout avec ça !…

Le sempiternel « Ne revenons pas là-dessus, Dolorès, sinon on va encore se disputer ! » met un terme à la discussion.

D'ailleurs, je suis bien d'accord avec Maman Pilar. Que faisaient les loulous de Poméranie, à part se prélasser sur des coussins sous leur portrait Gainsborough, pendant que mes aïeux tuaient les rats sur des vaisseaux au long cours (sans jamais les manger, pas bêtes !) pour sauver ô combien de marins, combien de capitaines des épidémies ? Qui des deux mériterait le plus la Légion d'honneur, je vous le demande, M. Bonaparte ?

Et puis, il faut se rendre à l'évidence, on est nettement plus faciles à vivre ! Pour nous, pas de sorties obligatoires deux fois par jour minimum, été comme hiver, pour satisfaire petites et grosses envies. Un simple coup de pelle et l'affaire est dans le sac ! Sans parler de la corvée de ramassage au petit matin, infligée à l'accompagnateur à moitié endormi, bravant le froid et la pluie, qui bafouille en s'excusant d'avoir oublié le civique sachet à l'oreille sourde du verbalisateur. Et s'il lui arrive d'échapper par miracle aux soixante-huit euros d'amende, la lourde culpabilité de multiples fractures : poignet, cheville, bassin et autre col de fémur d'octogénaires sur jambes flageolantes !

Moi, je me lave tout seul, pas eux ! Que nenni de toiletteur, avec chouchou sur la tête ! Un rien m'habille ! Pas besoin de manteau à capuche assorti aux bottines !

Respect en revanche, aux chiens sauveteurs en mer, chiens d'avalanches, guides d'aveugles, visiteurs d'hôpitaux, d'asiles de vieillards, de prisons ; aux « Trac'canins », renifleurs en tout genre, véritables héros qui se donnent corps et âme trop souvent au péril de leur vie ! Ils occupent régulièrement la une des journaux et ce n'est que justice. Mais aujourd'hui, grâce à Internet et aux réseaux sociaux, nous, félidés, n'avons plus rien à leur envier. On est même, selon un sondage, devenus les stars du Web ! On parle de nos exploits dans la presse : tout le monde se souvient du chat Cookie, qui a parcouru la France de la Côte d'Azur jusqu'au Calvados, n'hésitant pas à faire 1200 km pour retrouver sa maîtresse !

Le chat domestique le plus lambda qui soit peut rendre une multitude de petits services. Remplacer, par exemple, la sonnerie militaire du réveil par de petits coups de tête affectueux en cas d'oubli ou de panne de paupières…

Et comme « une pomme chaque matin éloigne du médecin », « un chat qu'on caresse enlève le stress » ! Plus besoin d'antidépresseurs, de psys ou autres manipulateurs de colonne vertébrale, de piqueurs d'aiguilles avec dépassements d'honoraires ou, pire encore, pas pris en charge par la Sécu ! Quelques bonnes séances de ronron-thérapie, garanties sans effets secondaires, feront avantageusement l'affaire !

Je ne parle pas de tous les coups de main que personnellement j'ai pu donner à Maman Pilar chaque fois que cela s'est présenté ! L'avertir d'une casserole de petits pois oubliés sur le feu, d'un robinet de baignoire laissé ouvert par le « tête en l'air » du premier, nous menaçant d'une noyade collective à grand renfort de sirènes de pompiers. Sans parler d'un bouton de gaz mal refermé à la merci d'une allumette – de quoi faire exploser l'immeuble !

Confortablement installé dans mon couffin, l'œil toujours mi-clos à demi plongé dans mon rêve, en grande conversation avec ma copine, une souris qui a élu domicile avec sa petite famille derrière la plinthe de la cuisine des Rieth, le couple rock and roll du deuxième étage :

— Donc, tu me disais, Grisette, que tu cherches une piaule pour une ou deux semaines… Les ouvriers qui déboulent : une fuite sur le toit, quelle tuile ! Tu as raison : dans la vie on n'est jamais trop prudent. Tu penses surtout aux enfants, je comprends… D'un autre côté, ça vous fera des vacances d'aller squatter ailleurs, avec la belle perspective de réaménager dans du tout neuf ! J'ai peut-être ma petite idée : un endroit cosy, pas trop loin du chauffage, avec accès direct sur la terrasse-jardin, sous le parquet de miss…

Mais des hurlements, bien réels ceux-là, me tirent brusquement de mon demi-sommeil…

Maman Pilar, sur le pied de guerre, dans l'ascenseur. Moi déjà sur place, tapi dans mon coin. C'est encore au premier ! Pire que chien et chat, ces deux-là…

— J'en ai marre de voir votre sac d'ordures puant traîner sur le palier, Mlle Deville ! Vous ne pouvez pas le déposer comme tout le monde dans le local prévu à cet effet ? Ça commence à bien faire !

La voix se fait plus menaçante :

— Il a bon dos le décalage horaire ! Les hôtesses de l'air, ça devrait vivre à l'hôtel ! Ou dans leur Bretagne natale ! Vous commencez à me les briser… à me les briser menu ! Je m'en vais de ce pas alerter l'Hygiène ! Si vous aimez les rats, pas moi !

Illuminé comme Bouddha, c'est à ce moment précis que j'ai pris conscience du rôle capital que j'avais à jouer dans notre immeuble. Comment espérer la paix dans le monde, si on n'arrive même pas à s'entendre entre voisins de palier ? Et ce sacré défi à relever a commencé à germer dans ma tête.

Heureusement, Maman Pilar, quand elle est là, sait comment apaiser les esprits, et toujours avec le sourire. En sortant de sa poche un petit verre et une petite bouteille d'aguardiente maison :

— Et si on buvait un petit coup ?

Dès la première gorgée, les traits de M. Romero se dérident. Grand amateur d'eaux-de-vie, il attribue à celle de Maman Pilar des vertus coquines, qui le mettent d'excellente humeur pour toute la journée. L'élixir magique a encore fait ses preuves. Jusqu'à la prochaine fois.

Mais que se passe-t-il, vous demandez-vous, quand Maman Pilar est obligée de s'absenter, pour une raison ou pour une autre, de la loge ? C'est alors bibi qui donne généreusement de sa personne. Élixir par intérim, à ma façon, je saute tout ronronnant sur l'épaule de M. Romero, qui, tout en me caressant le poil, jette sa phrase assassine sans même plus calculer Mlle Deville :

— Plus je connais les humains, plus j'aime les animaux !

Peut-être, à ce moment-là, a-t-il une pensée émue pour tous les chats morts au combat sur les vaisseaux de l'histoire. Ou alors, il ne me résiste pas, tout simplement ! Une chose est sûre, l'orage est passé. Pas rancunier, il a déjà oublié !

Mais il peut arriver que moi aussi je sois en vadrouille. Alors là, on frise la catastrophe ! S'ensuivent insultes, jurons, grimaces, coups de pied de monsieur dans les ordures de madame. Vol d'épluchures de pommes de terre, peaux de banane, et j'en passe, à tous les étages.

Jusqu'à ce qu'on entende, d'en haut, une voix de soprano colorature :

— Shut up ! I can't believe it ! I said shut up !

C'est miss Crumble, propriétaire de l'immeuble, qui remet les Westminster à l'heure. Suivent deux claquements de porte, puis de nouveau un silence radio !

3

Challenge

Comme tous les jours, une fois la serpillière passée dans l'escalier et le courrier distribué, Maman Pilar peut profiter d'un moment de détente devant son jeu télévisé préféré.

Mais aujourd'hui, j'ai une question de la plus grande importance à lui poser. Et je saute illico sur ses genoux, en la fixant droit dans les yeux :

— Quelle est la première qualité d'une bonne gardienne ?

Quelque peu étonnée, elle me lance, d'une traite, presque sans accent et dans un français parfait :

— Veiller à la propreté irréprochable des lieux, y compris le local poubelles. Servir ses locataires au mieux, sinon en instaurant une bonne entente, du moins en veillant à faire respecter les règles élémentaires de bon voisinage : le bonjour, le bonsoir, sourire de mise, regard et pensée ailleurs – faux ou vraisemblant, peu importe – sans chercher plus loin !

Pas très satisfait par sa réponse, recrachée texto de quelque manuel pratique pour les nuls, je me risque à une deuxième question moins scolaire :

— Et la première qualité d'un bon chat de bonne gardienne ?

En me posant par terre, agacée :

— Laisser la bonne gardienne suivre tranquillement son jeu préféré à la télévision : motus !

Vexé comme un pou, je décide de trouver tout seul la réponse dans ma tête. Après quelques minutes de réflexion, j'arrive enfin à ma conclusion :

— La première qualité d'un bon chat de bonne gardienne est de la seconder au mieux. Première chose, il va sans dire, respecter la propreté des lieux. En ne cédant jamais à l'envie si agréable de marquer en catimini son territoire sur un coin de mur ou un paillasson. À force de ronrons, coups de tête, pattes de velours, doux miaulements charmeurs, servir de trait d'union vivant entre les locataires. Sans en avoir l'air, surtout le plus spontanément du monde – j'insiste bien là-dessus, c'est important – pour les faire se rapprocher, se parler, s'intéresser peu à peu l'un à l'autre, en se trouvant points et goûts communs. Se sourire, se respecter, se connaître, se faire confiance, s'apprécier, s'entraider, s'aimer, en tout cas essayer. Communiquer !

L'animal, quel qu'il soit, chien, chat, perroquet… en laisse ou dans un panier, sur une épaule, sur un banc ou dans un bus, n'a pas son pareil pour délier les langues des humains qui ne se connaissent pas, même les moins loquaces. Essayez, vous serez surpris du résultat. Si vous êtes en mal de copains, prenez un chien. Arpentez les rues de votre quartier, pour la promenade hygiénique du soir, et vous vous ferez des amis !

Je me sens tout à coup investi d'une mission humanitaire de la plus haute importance. Et me persuade de m'y atteler en sachant que c'est loin d'être gagné d'avance ! Mais si j'y arrive, ça peut faire des émules, vu le nombre de gardiennes d'immeuble qui possèdent un chat, en France, en Europe et dans le monde… Et les chiens… Ils pourraient s'y mettre aussi. Elle serait pas belle la vie ?

Je décide de mettre mon plan à exécution sur-le-champ, pour faire un premier bilan dans trois mois, jour de la « fête de l'été » qui a remplacé celle « des voisins », jugée trop populaire par miss Crumble. Elle a lieu courant août, à une date qui peut varier d'une année sur l'autre, selon le bon vouloir de la proprio ; toujours annoncée plusieurs semaines à l'avance, pour permettre à tous de l'honorer de leur présence.

C'est qu'elle y tient à sa « fête de l'été » ! Chacun doit y assister, sauf cas de force majeure, preuve à l'appui : c'est stipulé dans le contrat de location sous peine d'expulsion immédiate et irrévocable !

Ça se passe en fin d'après-midi dans le jardin, lieu propice à la détente, un verre de sangria Maison Pilar à la main, ce qui peut aider à se lâcher plus facilement. Répondront-ils tous à l'invitation de miss Crumble ? Je l'espère.

En les ayant tous sous la patte, ce sera beaucoup plus facile pour moi. À voir se former clans et groupes, je pourrai me faire ma petite idée. M'adonner à mon jeu favori : entrer dans la tête de chaque locataire, passant de l'une à l'autre, pour savoir qui aime, qui déteste, qui fait un effort, qui triche, qui s'en fiche royalement, qui se comporte comment et avec qui. Écouter, traquer la grimace, le moindre geste d'agacement, d'antipathie avérée, le sourire qui ne demande qu'à éclore en belle amitié, voire plus si affinités. Aller dénicher le talon d'Achille de chacun pour arriver à mes fins : parvenir à les faire communiquer harmonieusement, pour le plaisir, sans toujours y chercher un intérêt !

Et pouvoir me rendre compte du travail accompli, au fil des semaines : mes sans-faute, mes ratés, histoire de vite rectifier le tir, avant que ça ne prenne des proportions catastrophiques !

Bien avant le mal de dos, le manque d'échange est le plus grand fléau de notre époque.

Et en tant que chat profondément européen, l'idée d'apporter ma pierre à l'édifice d'une Europe enfin unifiée me remplit à l'avance de fierté !

Si je réussis, mon passage sur terre n'aura pas été inutile.

Je profite de faire mon tour quotidien dans les étages pour vous présenter nos chers voisins. Et vous verrez, y a du pain sur la planche ! Qui de moi ou de Maman Pilar les connaît le mieux ? Je me le demande.

Au premier, porte de gauche, Mlle Deville, Solange Deville. Je ne me lasse pas de la regarder ; elle est si jolie, tellement douce ! Le parfum de sa peau me fait l'effet d'un champ de chataire bio (vulgairement appelée herbe-aux-chats) à la puissance mille, dans lequel je me roule ! À rendre fou ! La première fois qu'elle m'a gratouillé la tête, ce fut l'électrochoc : un véritable coup de foudre. Et, sans vantardise, c'est réciproque ! Question de phéromones, sans doute. Je l'entends encore me dire :

— Quel beau chat ! Ton poil est plus soyeux que du shatoosh !

— Chat quoi ? demande Maman Pilar.

— Le shatoosh est la reine des laines, explique l'hôtesse de l'air : tissée avec le duvet du cou et du poitrail des antilopes tibétaines. Et vous savez quoi, Pilar ? J'ai lu dans une revue sérieuse que les ronrons du chat aident à réduire le décalagc horaire. En tout cas sur moi, ça marche à merveille !

Le mot « shatoosh » est immédiatement recyclé en « chatoune » dans la bouche de Maman Pilar, qui trouve ça plus juste pour un chat :

— Chatoune !... Qué shattosh, tou n'es pas oune chèvre !

Au premier toujours, porte de droite, avec son éternelle casquette sur la tête, M. Romero, retraité de la Marine nationale. Engagé volontaire comme simple mataf, pour finir amiral. Faut croire qu'il en avait dans le bigorneau ! Dans la vitrine de son salon, on peut admirer ses nombreuses décorations, qu'il sort seulement pour les grandes occasions : les pince-fesses au ministère de la Défense, où il a gardé des relations.

C'est pas un mauvais bougre. Si seulement il pouvait perdre cette sale manie – à sa décharge, peut-être due à son grade et à ses fonctions passées – de toujours donner des ordres ! Remarquez, il suffit d'être au courant pour éviter les avis de tempête. Il dit être resté célibataire par manque de temps. Je pense plutôt que c'est à cause de son caractère militaire. Quelle est la sainte qui aurait pu le supporter ?

Au deuxième étage, Paul et Annie, le couple import-export, très rock and roll, sans enfants.

La petite quarantaine, divorcés pour mieux se remarier, ils ne peuvent vivre l'un sans l'autre, ni l'un avec l'autre. Pour cette raison, ils ont décidé de faire appartement à part, sur le même palier. Paul a plusieurs boutiques de sex-toys dans Paris, qui marchent du feu de Dieu. À l'affût de la dernière pépite, il voyage beaucoup dans le monde pour renouveler ses stocks. Il se doit de la tester, où et avec qui il veut, avec la bénédiction de sa femme.

Pour occuper ses journées, Annie tient une boutique de lingerie fine à Saint-Germain-des-Prés. Et compte parmi sa clientèle le beau monde de la politique et du cinéma. Son mari lui laisse le champ libre pour tester de son côté, comme bon lui semble, ses nouveaux modèles avec les partenaires de son choix, du moment que c'est pour le boulot ! Tous deux gagnent beaucoup d'argent et le montrent en vivant sur un grand pied. Ouverts, bien dans leurs baskets, ils ne partagent que les bons moments. À la moindre tension, chacun a déjà regagné ses appartements.

Au troisième étage : Andréa Baume, frais émoulu de la célèbre École hôtelière de Lausanne. Repéré par un chasseur de têtes, il vient d'intégrer comme assistant-chef concierge l'un des célèbres cinq-étoiles de la capitale. Brillantissime, il est en passe de devenir le plus jeune chef concierge de France. Mais encore faudrait-il pour cela que monsieur Plus, comme l'appelle tout le staff, son chef hiérarchique qui a atteint l'âge de se retirer depuis belle lurette, arrête de faire de la résistance en s'accrochant à son comptoir… et veuille bien prendre sa retraite ! Aussi élégant que courtois, il ne connaît personne dans l'immeuble, à part bien sûr Maman Pilar et sa propriétaire pour des questions pratiques… et moi : on se frôle au petit matin de temps en temps. C'est normal, il travaille de nuit. Il n'a même jamais vu sa très jolie voisine d'en face, Agnès Soubise, qui, elle, termine ses études de vétérinaire. Il se couche quand elle se lève et vice versa. Arriveront-ils au moins une fois à se croiser, ces deux-là ?

Au quatrième et dernier étage, le plus grand appartement, avec jardin-terrasse suspendu sur le living. C'est là que vit, seule avec ses souvenirs dans de jolis cadres en argent, miss Dorothy Crumble, la propriétaire de l'immeuble. Veuve de six maris, tous dans la finance – James, Andrew, Georges, Charles, Edward et Johnny – et de six welsh corgi répondant aux mêmes prénoms. Elle a su investir dans les murs au bon moment, avec l'aide précieuse de son dernier compagnon, redoutable homme d'affaires, pour se constituer au fil des années un actif immobilier colossal, en France comme à l'étranger. Pour des raisons inconnues, la miss a toujours exigé qu'on l'appelle par son nom de scène, Dorothy Crumble ! Occultant au passage sans aucun état d'âme celui de sa naissance : Scarlett White.

Légèrement hautaine, elle cultive son accent anglais comme ses rosiers, et, tant sa radinerie est grande, elle coupe sa respiration, pour faire croire qu'il n'y a personne chez elle au passage du pompier de l'année – lequel n'a jamais réussi à lui vendre un calendrier ! Ancienne colorature au talent méconnu, elle entretient sa voix par des vocalises stridentes, de cinq à sept chaque jour. Elle dit avoir tout sacrifié par amour à ses lords et à ses chiens, et n'oublie jamais, quand elle se présente, de rappeler sa vague parenté, par alliance, avec la famille royale d'Angleterre.

Elle ne porte que des tailleurs haute couture, et exclusivement en quatre couleurs : une par saison, teinture de cheveux, chapeau et accessoires assortis. Le jaune pour le printemps, le rose pour l'été, le bleu en automne et le mauve en hiver.

Juste en face de l'appartement de miss Crumble, un petit studio coquet, inoccupé, qui attend toujours preneur. Les demandes sont aussi nombreuses que les refus de location, toujours pour la même raison : personne ne trouve grâce à ses yeux ! C'est Maman Pilar qui est chargée de faire le ménage après les visites. Ça fait partie de son travail et c'est compris dans son salaire. Miss Crumble a la phobie des microbes, surtout ceux que l'on ramène de dehors sous les semelles !

4

Chaperon

Au rez-de-chaussée, il y a notre loge, pas très grande, mais bien assez pour y être heureux à deux, avec derrière son jardin privatif. C'est chez nous, on s'y sent bien, protégés du monde. Du sol au plafond, en passant par les bras de Maman Pilar, tout ici respire l'harmonie et l'amour absolu. Tapi derrière ma chatière transparente, mon œilleton à moi, je peux suivre sans être vu les allées et venues des locataires, rushs du matin au soir des jours ouvrables.

La botte énergique sur le parquet craquant de M. Romero, sortant de l'ascenseur à l'ancienne pour sa promenade matinale, suivi des New Balance ultralégères d'Agnès Soubise, en route pour Maison Alfort-École vétérinaire. Le galop des pas pressés du couple Rieth dans l'escalier, suivi du clic et clac beaucoup plus tardif, sur le coup de 10 h 30, des petits talons de Miss Crumble, qui s'en vont faire leur marché. En toute fin de soirée, les mocassins Andy Warhol Berluti, à la patine Miroir top secret, d'Andréa Baume, hérités de son père, qui volent vers les étoiles. À plus d'heure, de retour de New York ou de Singapour, les Todd's de Solange Deville en plein jetlag, qui, à moitié dans le coaltar, traîne une valise-cabine.

Il y a aussi les jours de fête, Noël, Pâques, à l'effervescence palpable, comme des bulles de champagne, avec retour de messe pour les plus pratiquants, une boîte de gâteaux et un rameau à la main... De temps à autre, un toc-toc inquiet à la porte de la loge, pour une lettre urgente qui n'arrive pas ou un paquet en instance entre deux points relais !

Le week-end, les pieds des locataires se mettent en éventail, troquant le tout cuir contre des semelles de crêpe ou des baskets. Certains vont s'aérer à la campagne, pour ne rentrer que le dimanche tard dans la nuit. D'autres reçoivent des visites de parents ou d'amis. Sur mon couffin, de loin, mon oreille s'amuse au jeu du « qui va et vient » en mesurant, à la seule cadence du pas, nerveux ou détendu, rythmé ou non par un sifflement joyeux, l'humeur du jour de chacun. Quand se rajoutent les percussions des parapluies et des gouttes d'orage sur le parquet, je me dis que la journée est mal partie. L'humidité me rend la vibrisse électrique. Mon choix est fait : ce sera sieste dominicale !

En fin de journée, ça s'agite un peu à nouveau. Certains rentrent chez eux, fidèles au film du dimanche soir. D'autres ressortent pour aller dîner ailleurs.

La nuit porte conseil avec son calme et, dès lundi 8 h, une nouvelle semaine déboule sur les chapeaux de roues, avec son lot d'habitudes et d'imprévus.

Aujourd'hui, j'ai de la chance, le ciel est bleu. Je vais pouvoir enfin me dégourdir les pattes dans le jardin, faire mon quart d'heure de stretching, relever au passage les messages, si j'en ai, de mes copains chats et chiens sur le tronc du cerisier, et surtout m'abandonner pour une sieste bien méritée aux premiers rayons du soleil printanier…

Comme quoi on ne peut jamais faire de projets : un appel urgent de mon congénère Cambronne vient chambouler tous mes plans ! Il a besoin de moi et me donne rendez-vous à son QG, une petite cour fleurie du XVe arrondissement, à l'abri des regards.

En moins de temps qu'il n'en faut pour le dire, je le rejoins, mais il n'est pas seul. Une minette blonde avec de grands yeux verts, toute tremblante, se tient derrière lui.

— C'est pas trop tôt ! Ça fait trois plombes que je poireaute ! J'ai une mission fastoche pour toi. Mais attention, pas d'entourloupe, je t'ai à l'œil !

Et sans attendre ma réponse :

— Occupe-toi d'elle ! Elle est très jeune et a besoin d'éducation. Dans ma bande, tu sais, il y a beaucoup de mâles. Je n'ai pas envie de me retrouver à la tête d'une chatterie. Et la confier à ma panthère, jalouse comme elle est… Si encore elle avait l'instinct maternel…

Je me risque, sur le bout de la langue :

— Mais d'où vient-elle !

— Opération kidnapping : avant-hier sur le coup de 11 h, en plein service, on a donné l'assaut dans un restaurant exotique. Les salauds l'avaient prise pour les souris. À propos, elle ne mange que des croquettes au saumon. La viande la fait vomir. Bon, il faut que j'y aille ! Avec tout ça, moi, j'ai pris du retard dans mes affaires…

Il s'éloigne en roulant des mécaniques à son habitude et, sans se retourner :

— J'ai du taf aujourd'hui. Salut, poulette ! À plus, Julio, et l'bonjour chez toi !

Je m'adresse avec douceur à ma nouvelle copine :

— Comment t'appelles-tu ?

Elle me répond d'une toute petite voix :

— Sûrement pas poulette… Je m'appelle Yasmina. Et toi ?

— Julio ! Moi, c'est Julio !

— Tu es d'origine espagnole ? questionne-t-elle encore.

— Hum… Oui, vaguement, par ma mère.

Sur le chemin du retour, Yasmina a besoin de se livrer et miaule sans discontinuer, m'empêchant de penser et de mettre en place un plan stratégique pour une solution à trouver dans l'urgence. Et voilà qu'elle en remet une couche : comment, pas encore sevrée, elle a été sauvagement arrachée à la tétine maternelle par une grosse main voleuse, pour se voir jeter au fond d'un sac, vendue au premier venu, et finir dans la cave froide, humide et noire d'un restaurant, où chicotaient des centaines de souris plus grosses qu'elle ! Nourrie avec de vieux morceaux de barbaque, restants d'assiettes pour la poubelle… L'absence cruelle de ses frères et sœurs : elle vient d'un milieu bourgeois, elle, d'une gentilhommière près de Montfort-l'Amaury, rien à voir avec les minettes des ruelles du XVe arrondissement !

C'est le moral dans les chaussettes, la larme à l'œil et la tête farcie, que je me retrouve, non sans un certain soulagement, enfin devant chez nous.

Mais avant même que j'aie pu dire ouf !, voilà que les choses se précipitent : le portail s'ouvre bruyamment, laissant sortir deux livreurs de chez Darty, un vieux frigo à bout de bras, qui ont mal choisi leur moment. À cet instant, le pot d'échappement d'une moto pétaradante fait sursauter ma protégée, qui, terrorisée, se faufile dans l'immeuble juste avant que le portail ne se referme sur moi. Inquiet et fébrile, je rejoins le jardin par le muret de derrière, pour regagner l'intérieur de l'immeuble, à sa recherche.

Quand soudain, la voix de Maman Pilar :

— Julio, où es-tou ? Julio, viens voir, on a de la visite !

Je déboule aussitôt, n'en croyant pas mes yeux : Yasmina fait des mamours sur notre paillasson à grosses marguerites jaunes, sous les yeux attendris de Maman Pilar :

— Qué linda ! Qué linda, Julio !

Ouf ! L'adoption de Yasmina, c'est dans la poche. Je vais enfin avoir une petite sœur !

Mais elle ajoute aussitôt :

— Il faut la donner… ma à qui ? Mlle Soubise, elle aurait soûrement oune idée ! Ma voilà, elle est partie un mois por le Sri Lanka, soigner les petits cœurs malades des paresseux !

En fouillant dans le tiroir du secrétaire, elle en sort quelques feuilles de papier et un stylo :

— On va mettre des annonces partoute, chez le boulanger, le poissonnier, la fleuriste ! Ils aiment tous les animaux ! Et ici à la fenêtre de la loche. Yé vais en parler aussi à Dolorès, on ne sait jamais ! Elle voit dou monde.

Une tristesse infinie m'envahit. Elle n'échappe pas à Maman Pilar, qui tout en écrivant me dit :

— Julio, sois raisonnable, on ne peut pas la garder avec nous ! C'est trop petit ici. Mais ne t'inquiète pas, je te promets de lui trouver oune bonne maison ! Après... vaya con Dios !

Yasmina se sent déjà chez elle, à fureter du museau dans les moindres recoins pour marquer sa présence. Et voilà qu'elle finit mes croquettes au saumon sous mon nez !

Un peu perdu, je sors sur le palier, histoire de reprendre mes esprits. Et, posé sur la troisième marche, ma préférée, j'essaye de réfléchir. Mon œil embué a du mal à fixer les lettres qui dansent, scotchées par Maman Pilar, qui se relit à voix haute :

— Ourgent. Belle petite chatte, trois mois environ, très affectoueuse, à donner !

— « À donner »... « À donner »... Pourquoi pas à s'en débarrasser !

J'ai le cœur gros et la tête vide. Je retourne à la loge, comme téléguidé, lourd de la responsabilité que m'a confiée Cambronne, et plus sûr du tout d'être à la hauteur de ma mission. Je retrouve ma protégée confortablement alanguie dans mon couffin, et me dirige vers elle, pour chercher un peu de réconfort. Mais elle me chasse en me crachant dessus à plusieurs reprises. Ça, c'est la meilleure :

je ne suis même plus chez moi ! Ah ! les meufs, il faut se les faire !

La semaine qui suit me paraît interminable. Je manque de patience, et l'attente de savoir où va tomber Yasmina me remplit d'angoisse. Sans compter qu'elle va finir par avoir un complexe d'infériorité : car on ne peut pas dire que ça se bouscule au portillon pour l'adoption. Les choses qui traînent, c'est jamais bon ! Mais le temps joue en sa faveur. On s'y attache de plus en plus. Si seulement on pouvait la garder avec nous !

C'est là que l'instinct génial de Maman Pilar va encore frapper. Sur l'annonce scotchée sur la vitre de la loge, elle ajoute au feutre rouge souligné :

— « Blonde comme les blés ! » Qu'est-ce que tou en penses, Julio ?

— Blonde par endroits, peut-être, en y regardant bien à deux fois... Mais comme les blés, faudrait quand même pas pousser !

Je reconnais bien là le sens de l'exagération de Maman Pilar.

Hasard ou pas, deux minutes après, un coup de sonnette à la porte fait se cacher Yasmina sous le fauteuil.

— Bonjour ! Je suis le petit cousin de LaSardine, le poissonnier. Et ce soir, je fête l'anniversaire de mon meilleur pote, qui habite Montrouge. J'aimerais lui offrir un petit chat, le sien est mort...

— Dé vieillesse ? interroge Maman Pilar.

— Non, c'était encore un bébé ! Le Raoul l'a écrasé hier en sortant du garage. Il faut dire qu'il n'a pas toujours les yeux en face des trous !

À voix basse :

— Trop tendance à forcer sur la boutanche, vous voyez ce que je veux dire ?... Du gros rouge de préférence. Je peux voir votre minette ?

Je lance un regard désespéré à Maman Pilar, qui n'a pas besoin de capter le message, en répondant du tac au tac :

— Oh ! yè souis désolée ! Elle est partie. Oune merveille pareille, vous pensez bien, tout le monde la voulait ! Et qué des gens comme il faut !

En prenant à témoin le sombrero accroché au mur :

— On a dou tirer au sort le gagnant ! Elle est tombée le cou dans la crème, je vous le dis !

De mauvaise humeur, l'homme tourne les talons, sans attendre son reste. En traînant les pieds, avec en guise d'au revoir :

— De toute façon, ce ne sont pas les greffiers qui manquent dans le quartier !

Sa réflexion me hérisse le poil du dos. Ma pensée va à tous les chats orphelins de la planète. Aussitôt pris d'un élan religieux, je fonce sous le portrait de saint François d'Assise. Maman Pilar dit qu'il exauce tous ses vœux. Pourquoi pas les miens ? Les yeux clos pour plus de recueillement, j'adresse ma prière au saint des animaux :

— Saint François d'Assise, faites que le petit cousin de LaSardine trouve une autre idée de cadeau d'anniversaire. Amen.

Effet de mon imagination ou pas, moi, je vous dis qu'il m'a fait un clin d'œil. Ça y est, on est copains !

5

Chagrin

Après une deuxième semaine à veiller sur Yasmina comme sur une petite sœur – ce qui semble l'agacer, à en juger par les mouvements d'essuie-glace de sa queue sur le parquet –, je décide de ne pas céder à la sinistrose ambiante en me reprenant en main.

Après une bonne séance d'étirements dans le jardin, un tour dans les étages et une longue promenade dans le quartier (en évitant Cambronne et sa garde rapprochée, pour n'avoir aucun compte à rendre), je regagne ma loge à la nuit tombée. Mais mon couffin est vide. L'assiette et le bol de Yasmina ont été débarrassés. Je la cherche partout sous le fauteuil, le lit, la table de cuisine, la couette…

— Elle est partie ce matin por l'Espagne ! me dit tristement Maman Pilar, qui comprend mon désarroi.

En s'accroupissant pour me gratouiller la tête, je vois qu'elle a les yeux rouges :

— Oune amie de Dolorès, qui adore les chats, l'a emmenée à Cadix, au soleil. Elle sera heureuse là-bas ! On nous enverra des photos !

À cette nouvelle, je fais trois bonds en arrière, le poil en pétard et les vibrisses en colère :

— Une amie de Dolorès ! Mais Yasmina ne parle pas espagnol, et Cadix, c'est au bout du monde. En plus, on ne s'est même pas dit au revoir !

Maman Pilar et moi, on est tellement complices qu'un simple regard suffit, je vous l'ai déjà dit, pour se comprendre. L'amour commence par la connaissance, et nous deux on se connaît par cœur !

En s'approchant tout doucement de moi, elle ouvre pour se faire pardonner un dôme au filet de thon, mon repas préféré, qu'elle verse entièrement dans mon assiette, sous mon nez :

— Arrête de faire la guoule ! Yé suis encore plou triste qué toi !

Et comme pour appuyer ses propos, elle éclate en sanglots.

Elle sait bien pourtant qu'on ne m'achète pas, même avec du Sheba ! J'essaye de me réfugier dans le sommeil de mon couffin pour oublier mon chagrin, mais tous les parfums de Yasmina sont là pour le tenir éveillé !

Ma petite sœur est partie depuis trois semaines et me manque chaque jour davantage. Dans ses bagages, elle a tout emporté : mon appétit, mon sommeil et ma joie de vivre. Et tous les matins, on a beau guetter le facteur, toujours pas de photos de Cadix. Ça devient angoissant. Quant à Dolorès, elle a disparu de la circulation. Et tous les messages qu'on lui laisse sur son répondeur restent sans réponse. Un de ces dimanches, il faudra débouler chez elle à l'improviste et forcer sa porte !

Je vis terré dans mon coin, comme un chat haret, n'osant plus mettre le nez dehors, de peur de croiser Cambronne et sa bande.

Le départ de Yasmina m'a plongé dans une profonde dépression, ce qui n'est pas sans inquiéter Maman Pilar, qui m'a déjà emmené deux fois chez le vétérinaire :

— Je n'arrive pas à expliquer cette perte de poids. Un kilo en trois semaines, c'est vrai que ça fait beaucoup pour un chat ! reconnaît le docteur. Remarquez, il a des réserves ! Les analyses sont bonnes : pas de diabète, ni d'urée, pas le plus petit dérèglement thyroïdien. Le cœur va bien. Je ne peux pas continuer à vous faire dépenser votre argent comme ça… Et regardez-moi ce poil, brillant et lustré ! Julio va très bien, puisque je vous le dis !

Et tout en rajustant ses demi-lunes :

— Je vous enverrais bien quand même voir un confrère comportementaliste, histoire de se dire qu'on a fait le tour de la question. C'est peut-être dans sa tête !

— Dites tout dé suite qué Julio a perdu la cabeza ! s'emporte Maman Pilar.

— Ça vaut peut-être le coup de demander un avis, insiste le vétérinaire.

Le rendez-vous est donc pris pour le jeudi suivant, dans le quartier très huppé de Neuilly-sur-Seine. Après m'avoir palpé dans tous les sens, inspecté soigneusement dents, oreilles… après avoir pris ma température et passé à la loupe radios et analyses de sang, le spécialiste s'adresse à Maman Pilar :

— Avez-vous déménagé dernièrement ? Changé la nourriture de votre animal ? Fait garder Julio ailleurs que chez lui, ou l'avez-vous placé pour quelques jours dans une pension animalière ? Y a-t-il eu un deuil dans la famille, quelqu'un à qui il était particulièrement attaché ?

— Non. Par contré, doctor…

Et elle raconte en détail l'épisode Yasmina.

— Oui, mais bien sûr ! s'écrie le spécialiste. Rassurez-vous, madame, votre chat n'est pas malade ! Il souffre tout simplement…

Son œil coquin frise :

— … d'un chagrin d'amour !

— Ma, doctor, comment yé guéris, moi, mon chat d'un chagrin d'amor ? s'inquiète Maman Pilar.

— Il n'y a pas trente-six solutions, c'est comme pour nous : il faut de la patience, attendre que ça passe. Avec le temps, ça s'arrangera. Ou alors… rendez-lui Yasmina !

— Yé vous dois combien, doctor ? demande Maman Pilar en fouillant dans son sac, pressée d'en finir.

— Décemment, madame, vous me prenez pour qui ? Vous demander de l'argent pour un chagrin d'amour ! Je ne suis pas voyant ! Je suis déjà passé par là, je sais ce que c'est…

C'est bien la première fois qu'on part de chez un vétérinaire sans payer. Chapeau, monsieur ! Ça méritait d'être souligné.

À peine rentrés chez nous, un doigt intempestif s'acharne sur la sonnette de la loge :

— Voilà… voilà… y'arrive ! s'agace Maman Pilar en enlevant son manteau… Dolorès, ma où étaistou ? Y'ai failli appeler la police !

Dolorès, plus du tout dans son état normal, hurle en faisant les cent pas. Dans ses jambes, la fidèle Castagnette, débordante de joie en toute circonstance :

— À cause de toi, mon amie d'enfance Luz ne me parle plus !

— À cause de moi ? se défend Maman Pilar.

— Oui, la chatte que tu lui as refilée, un vrai tigre ! Elle lui a arraché la moitié de la gueule ! On a passé la nuit aux urgences. Une semaine d'hôpital. La maladie du chat, tu connais ? Elle est défigurée ! Avec tout ce qu'elle a dépensé pour elle : panier, croquettes, litière, vétérinaire... voilà le remerciement ! Je le savais, les chats, ça porte malheur !

— Si tou ne veux pas perdre la meilleure amie qui te reste, Dolorès, arrête de monter sour tes grands chameaux ! lance Maman Pilar avec tout son calme. Yé te fais oun caoua ?

Dolorès s'apaise tout à coup :

— C'est pas de refus.

Et tout en sortant des petits sablés du buffet, Maman Pilar en profite pour lui tirer les vers du nez :

— La petite chatte, elle est chez toi, bien soûr ?

— Chez moi ? s'emballe à nouveau Dolorès. Enfuie, l'ingrate, sur le quai de la gare de Lyon !

— Oh non ! hurle d'effroi Maman Pilar.

La gardienne du VIIe, en avalant avec délectation une gorgée de café :

— Quand Yasmina aura bien faim, je lui fais confiance pour retrouver le chemin de la maison. Ou alors elle est vraiment bête et tu n'auras rien perdu...

— Le chemin dé la maison, le chemin dé la maison… ma tou rêves ! Quand ça, à la saint Tchin Tchin, peut-être ?

Retrouver un chat dans une gare est encore plus difficile qu'une aiguille dans une botte de foin ! Sans compter qu'il faut être sur ses gardes, avoir l'œil partout, attentif aux multiples dangers de toutes parts : les voyageurs en retard, courant tous azimuts après leur train, les valises à roulettes, les porteurs qui slalomeent sur leurs voiturettes, avec chute de bagages dans les tournants. En y rajoutant l'énervement ambiant, contagieux, le bruit de fond, la voix nasillarde des annonces au micro, les cris des retrouvailles, les pleurs des adieux… Un coup à vous rendre cardiaque ou, pire, paraplégique pour le restant de vos jours !

6

Chapeau Yasmina

Retrouver Yasmina Gare de Lyon est donc pour moi une bataille perdue d'avance. Et d'ailleurs, qui me dit qu'elle y est encore ? Peut-être a-t-elle décidé de retourner à Montfort-l'Amaury dans sa famille qui lui manque tant. Cookie l'a bien fait, lui, pourquoi pas elle ?

Je pourrais bien essayer d'en glisser un mot à Cambronne, qui a souvent de bonnes idées quand il veut. Mais je risque de me faire – au pire – casser la gueule s'il s'est levé de la patte gauche ou traiter de bouffon et de tous les noms d'oiseaux s'il est de très bonne humeur… En sachant par avance que, macho comme il est, il risque aussi de m'envoyer aux pelotes :

— Laisse tomber, j'te dis, tu perds ton temps ! Les meufs, que des sacs d'embrouilles ! Et puis une minette de perdue, dix de retrouvées. Oublie, mets ta litière dessus, et à la suivante !

Quel misogyne, ce Cambronne ! Je me suis bien fait avoir : il a joué sur mon côté sentimental, et comme un bleu j'ai plongé. Je dois me rendre à l'évidence : je ne reverrai jamais Yasmina ! C'est mon karma, il faut l'accepter…

Je file dans le jardin, histoire de me rafraîchir les vibrisses, et relever mes messages au pied du cerisier.

Mais suis stoppé net dans mon élan par la voix de Maman Pilar.

— Julio, viens, viens vite !

De retour des étages, elle a dû voir que je n'ai même pas touché à mon repas. Pourtant, on ne peut pas dire qu'elle ne fait pas d'efforts en ne me donnant pas ce que j'aime le plus. Mais est-ce ma faute, à moi, si malgré les vitamines du véto, l'appétit ne revient pas ?

La voix se fait plus insistante, et le ton différent des appels nourriture :

— Viens, yé te dis ! Oune sourprise !

Je fais donc demi-tour en traînant un peu la patte, sans grand enthousiasme pour regagner la loge. Mais qu'est-ce que je vois : mon assiette est vide, propre, comme sortie du lave-vaisselle de miss Crumble ! Pourtant, je n'y ai pas touché. Je me lance à la recherche du voleur de gamelle, quand j'aperçois une boule de poils dans mon couffin. Ça alors, un squatter ! Je m'approche, sur la pointe des coussinets. Non, ce n'est pas possible… Je cligne des yeux, à plusieurs reprises, pour être sûr de ne pas être victime d'une hallucination. Mais non, ce n'est pas un mirage : c'est Yasmina !... Ma Yasmina ! Je m'approche d'elle, prudent, car je me méfie quand même un peu de ses réactions. Mais elle m'assaille de petits coups de tête, folle de joie de me retrouver, et m'invite, en se faisant toute petite, à partager mon couffin :

— Mais dis-moi, comment tu as fait pour retrouver ton chemin ?

Elle prend son petit air mystérieux :

— La ville de Paris est très bien desservie et ne manque pas de transports en commun, tu sais !

Je n'en saurai pas plus.

Perdre l'appétit, le sommeil et la joie de vivre, je peux m'en faire une raison. Mais l'odorat ! Perdre l'odorat est ce qu'il y a de pire pour un chat. C'est la honte !

Comment n'ai-je pas senti Yasmina ? Je réalise tout à coup que j'ai pris un coup de vieux. Mais soudain, une faim de loup me prend au ventre, avec l'envie de vivre comme jamais, de rattraper le temps perdu… Tous mes sens me reviennent, à en avoir des étourdissements. Enfin, je vais pouvoir récupérer et dormir, dormir !

Mais mon sommeil est loin d'être réparateur, agité de cauchemars avec effets spéciaux, dignes des studios de George Lucas. Dans une gare géante, minée de feux d'artifice et de sirènes hurlantes, je cours après Yasmina, qui saute dans un train décollant en trombe dans les airs, à destination de Cadix. Sur le point de lui mettre la patte dessus, je suis rattrapé par Cambronne et sa bande, transformés en robots. La terre s'ouvre sous mes pattes, une odeur de maquereau pourri envahit l'atmosphère, et Maman Pilar surgit avec le petit cousin de LaSardine, le poissonnier :

— Prenez Julio, il est à vous ! Yé n'en veux plous ! Dolorès a raison, yé vais adopter le bébé de Castagnette !

Me voilà orphelin ! L'homme aux gros godillots m'attrape par la queue et me jette dans un grand sac grouillant de souris phosphorescentes !

Quand j'ouvre un œil, secoué de tics nerveux, Yasmina me regarde, visiblement amusée. Elle me fait un bisou sur le museau, avec la langue, ce qui finit de me réveiller, et me glisse à l'oreille :

— Calme-toi, ce n'est qu'un cauchemar !

Mon premier réflexe est d'aller remercier chaleureusement saint François d'Assise pour nous l'avoir rendue saine et sauve !

Puis je rejoins, sur la table de la cuisine, Maman Pilar en train d'écosser ses petits pois ; et la fixe intensément, avec une question qui passe en boucle dans mon œil :

— Que va devenir Yasmina ?

Elle me répond aussitôt :

— Ne t'inquiète pas por elle ! Yé lui ai trouvé oune bonne maman !

Le dialogue voix-regard s'installe, clair comme de l'eau de roche. En lui donnant de petits coups de tête, pour mieux la prendre dans le sens du cheveu :

— La meilleure que je connaisse, c'est toi, Maman Pilar. Alors, on la garde avec nous ?

— Yé ne voulais pas t'en parler avant d'avoir récoupéré Yasmina, pour ne pas te faire oune fausse yoie ! Mlle Agnès est rentrée d'Afrique il y a deux yours, et, en lisant la petite annonce à la loche, qué y avais oublié d'enlever, a demandé à voir la bestiole. Yé lui ai dit qu'elle s'était perdoue. Ma ce matin, quand Yasmina a réapparou, yé suis montée chez elle por la lui montrer ! Oun véritable coup de foudre ! Dans les dos sens ! Avec l'autorisation de miss Crumble, elle va faire installer oune chatière à sa porte d'entrée dès demain, pour que Yasmina puisse aller et venir comme elle veut ! Yasmina a oune maman ! Tou pourras la voir quand tou veux ! Et on la gardera quand Mlle Agnès part en vacances !

— Mlle Soubise ! Agnès Soubise ! Un vétérinaire ! Yasmina va avoir un vétérinaire particulier !

Elle a eu du bol ! Comme pour moi, on peut dire que c'est une chatte qui a réussi dans la vie !

— Et maintenant, il faut la sourveiller ! me dit Maman Pilar. Oune chatte fougueuse est oune chatte fougueuse, elle peut avoir envie de recommencer ! Et fais bien attention qu'elle n'est pas aussi parachoutiste, prête à souivre le premier merle venou !

Je rejoins donc Yasmina dans notre couffin, bien décidé que je suis à récupérer mon sommeil en retard. Mais ma colocataire en a décidé autrement. Elle préfère que je lui fasse faire le tour du propriétaire. Pour moi, fini la tranquillité ! C'est pas grave, je dormirai plus tard !

Il y a des jours où l'on se dit que la vie est belle, qu'aucune pièce ne manque au puzzle. C'est le cas aujourd'hui : je me sens dans une forme olympique ! Prêt à bouffer le monde et toutes les croquettes qui vont avec.

Finalement, ne partager que les bons moments avec l'âme sœur est la clé du bonheur à deux : la meilleure garantie de fidélité et de durée dans une relation, qu'elle soit amoureuse ou amicale. Ne pas avoir constamment quelqu'un dans les pattes, ne pas lui imposer nos sautes d'humeur, ni avoir à supporter les siennes, les ronflements nocturnes de l'un ou de l'autre, ou des deux à la fois, sans parler des indispositions inévitables de régurgitation et j'en passe… Et puis, vivre litière séparée est tellement plus romantique !

N'offrir à l'autre que son meilleur, avec l'envie spontanée de lui faire plaisir. Être à son écoute et pouvoir se mettre à sa place, naturellement quand il en a besoin. Se rapprocher sans jamais s'éloigner, ni l'oublier en considérant qu'il fait partie du décor. Et surtout ne jamais se dire qu'il ou elle est acquis, mais tout simplement précieux, comme un trésor. L'aimer autant pour ses différences et ses défauts que pour ses qualités. Avoir la joie et l'enthousiasme toujours intacts de se voir. Être tout simplement bien ensemble.

Yasmina et moi, on formera un couple idéal, ami-amour, comme les Rieth !

Cela ne nous empêchera pas de nous rejoindre, si l'envie nous en prend, au milieu de la nuit, dans son couffin ou dans le mien, pour réchauffer nos hivers ou partager en duo les chaudes soirées d'été clair de lune dans le jardin. On va se faire une vie aux petits ronrons !

7

Chafouine

Mais entre le rêve et la réalité, il y a un monde. Je l'ai appris avec l'expérience. Cela ne me rend pas malheureux, ce serait même le contraire ! J'aime Yasmina, voilà, c'est dit, et elle m'aime aussi, à sa manière.

Tant bien que mal, notre petite existence s'organise. La mienne plutôt, devrais-je dire, et pas comme je l'avais imaginée. Yasmina est autant diurne – avec le besoin impératif de faire ses nuits pour fonctionner normalement – que je suis nocturne. Ce qui vient chambouler mon horloge biologique. Je ne résiste pas à son charme. Elle le sait, en profite et me mène par le bout du museau quand ça l'arrange. Pauvres mâles que nous sommes !

Finies mes promenades étoilées, à traîner jusqu'à plus d'heure dans le quartier avec mes potes ; finie, ma chère liberté riche d'imprévus et d'interdits ! Elle est arrivée juste au bon moment : dans un an, il aurait peut-être été trop tard. À ce rythme effréné, j'allais y laisser ma peau ! Aujourd'hui, je me suis équilibré, j'ai une vie bien réglée… sur celle de Yasmina : du lundi au vendredi, sur le coup de 7 h, après avoir pris son petit-déjeuner et fait sa toilette, elle attend que Mlle Soubise file à la fac pour venir me tirer de mon couffin.

S'ensuit une course-poursuite dans les étages les jours de pluie, ou dans le jardin s'il fait soleil. Après, c'est sieste, chez elle ou dans mon couffin, avec ou sans moi, cela dépend de son humeur.

Le week-end, c'est cocooning exclusif dans les bras de Mlle Agnès. Elle n'aime pas partager sa maman, ni ses croquettes d'ailleurs. Mais les miennes, elle veut bien !

Je profite que Yasmina squatte mon couffin cet après-midi pour aller lire les messages en instance au pied du cerisier. J'en ai vingt-trois de Cambronne. Tous les mêmes :

« Wesh ! tu soum soum ou quoi ? Qu'est-ce tu fous ? J'attends des nouvelles de ma poulette. Et surtout ne m'oblige pas à venir te trouver. Ça me ferait de la peine d'abîmer ta p'tite gueule d'amour ! »

Je trace, sans plus attendre, vers la station Charles Michels. De loin, j'aperçois Cauchemar et

Vampire, ses gardes du corps, qui s'avancent vers moi, menaçants :

— Le boss te cherche, et il est pas de bonne humeur ! Avance !

Sur le muret de sa petite cour fleurie, son quartier général, Cambronne semble guetter une proie :

— C'est pas trop tôt ! Alors, comme ça, on s'dérobe !

Sûr de moi, je lui rétorque du tac au tac, comme si de rien n'était :

— Pas du tout ! Qu'est-ce qui te fait dire ça ? Les missions difficiles prennent du temps.

— Ne noie pas le poisson et donne-moi plutôt des nouvelles de ma poulette !

— Elle va bien. Tombée le cul dans la crème, chez une jeune véto dans notre immeuble !

Le ton devient soudain amical :

— Je savais bien qu'on pouvait compter sur toi ! Tu es un bon petit soldat !

Et en s'adressant à ses deux sbires, sans bouger une moustache :

— Vous pouvez raccompagner mon ami chez lui ! Ça lui évitera de mauvaises rencontres !

Aujourd'hui, comme tous les premiers mardis du mois, branle-bas de combat dans l'immeuble : c'est jour de visite. Quelqu'un parviendra-t-il à louer le studio du quatrième étage ? Les paris sont ouverts.

« Trente mètres carrés, refait à neuf à l'anglaise, avec charmant bout de terrasse fleuri, plein sud, vue sur jardin. Agence s'abstenir. » La propriétaire ne loue que de particulier à particulier, et ça se bouscule au portillon : en moyenne trente demandes par semaine !

C'est Maman Pilar – femme de confiance désignée pour la circonstance, moyennant un petit billet glissé ni vu ni connu dans sa poche – qui est chargée chaque mois de faire une première sélection de six postulants.

Avec fiches détaillées à l'appui, après les avoir longuement interrogés sur les garanties d'usage : profession, situation de famille, salaire et des questions plus générales – voire personnelles – sur leurs goûts, pouvant aller de la gastronomie à la musique, en passant par la peinture.

Elle prend à cœur de sonder le locataire potentiel, par téléphone s'il n'y a pas d'autres possibilités, mais en privilégiant toujours un rendez-vous à la loge.

Tapi dans mon coin, je ne perds pas une miette de ces entrevues, qui m'apprennent beaucoup sur la nature humaine et m'aideront dans le futur pour la mission altruiste que je me suis fixée : réussir enfin à faire communiquer les voisins de l'immeuble !

Ensuite, il ne reste plus à Maman Pilar qu'à déposer, sur la pointe des pieds, les fiches détaillées sur le secrétaire de miss Crumble. Pendant que celle-ci fait sa gymnastique, dans une pièce aménagée à cet effet, avec son coach personnel M. Button.

De retour du marché, la propriétaire s'installe confortablement devant sa tasse de thé Earl Grey, son toast beurré à la marmelade d'oranges – toujours du même fournisseur – pour joindre, entre deux bouchées, les personnes par téléphone et leur fixer à son tour un rendez-vous.

Le premier mardi du mois suivant, dans l'après-midi, elle reçoit les six (son nombre fétiche !) élus du jour, qu'elle passe au peigne fin l'un après l'autre. Celui qui réussit l'épreuve du questionnaire devra répondre encore à une question subsidiaire, différente chaque fois pour éviter les fuites.

Mine de rien, ça lui donne une sacrée charge de travail en plus à Maman Pilar – qui ne sait pas compter ses heures, mais se console en se disant que ça met de la langoustine dans sa paella ! Soit dit entre nous : depuis des mois que ça dure et, avec le temps que ça lui prend, elle pourrait quand même se fouiller un peu plus, la miss !

Lors des visites de miss Crumble, en chat de bonne gardienne qui fait son job, je me mets en mode télépathie vision à distance pour ne rien perdre de la scène. Et me voilà téléporté chez elle, mieux que si j'y étais.

Toute de jaune vêtue, le cheveu en chignon peroxydé, je la vois qui va ouvrir au premier visiteur, la trentaine, jeune cadre dans une banque anglaise :

— M. Duroi ?

Bonne présentation, distingué, la première impression est excellente. Miss Crumble semble le trouver à son goût. Après l'avoir détaillé des pieds à la tête : pantalon de velours, pull en cachemire, blazer, mocassins, sourire aux lèvres :

— Entrez, je vous prie !

Félix Duroi m'a laissé un très bon souvenir lors de son passage à la loge, car ses premiers mots, je me souviens, ont été pour moi :

— Oh ! vous avez un chat ! J'adore les chats. !

Et en plus, comment oublier « Félix » : le nom de ma star de publicité préférée ! J'ai donc un faible pour lui, je l'avoue.

En lui faisant le baisemain, sur *Norma* en fond sonore interprété par la Callas :

— Mes hommages, madame !

La conversation tourne vite aux questions personnelles, ce qui est de très bon augure :

— Oh ! vous faites des pâtisseries ! Et quel genre de pâtisseries ?

— Des scones, des buns… mais ma grande spécialité, c'est… les cookies !

La propriétaire semble aux anges. En désignant le sofa, l'œil complice :

— On a tout pour s'entendre, jeune homme. Vous prendrez bien une tasse de thé ?

Je me dis que c'est bien parti pour Félix, qui risque de décrocher l'affaire.

Mais en s'asseyant, son pantalon remonte de quelques centimètres, dévoilant soudain un morceau de mollet musclé et des socquettes à motifs…

— Vous aurez ma réponse dans les deux jours, reprend miss Crumble. Une jeune étudiante en philosophie a visité le studio juste avant vous : soyons fair-play, elle est donc prioritaire. Ses parents sont charmants, ils ont une galerie d'art rue du Faubourg-Saint-Honoré. Il me reste à prendre ma décision.

L'air pincé, elle ajoute en se levant :

— Oh my God ! Je viens de réaliser que je n'ai plus de thé ! Je vous prie de m'excuser, j'ai oublié d'en acheter. Une prochaine fois peut-être…

Mais elle ment : la jeune étudiante en philosophie n'existe pas, et du thé elle en a plein ses placards ! Pourquoi ? Je ne comprends pas… Quelle mouche l'a piquée tout à coup ? Rien de désobligeant dans le comportement de Félix qui mérite une telle attitude. Non, je le crois pas ! Voilà qu'elle le pousse prestement de ses deux mains, aux ongles vernis bouton d'or, vers la sortie :

— La réponse pour jeudi, pas plus tard, promis !

Et elle referme la porte sur l'évincé dépité ; puis se précipite dans la cuisine sur la bouilloire anglaise qui se met à siffler :

— J'ai bien mérité une bonne tasse d'Earl Grey !

J'ai beau me repasser le film dans tous les sens, je n'arrive pas à m'expliquer un tel revirement de situation.

Et me retrouve dans la loge, en mode normal, avec mes interrogations. Mais la sonnerie du téléphone ne va pas tarder à m'éclairer.

Maman Pilar appuie sur la touche haut-parleur. Tout en continuant l'épluchage de sa pomme de terre :

— Ah ! Miss Crumble ! Alors, comment s'est passée la visite ? Il est charmant, non ?

De l'autre côté du combiné, entre deux gorgées de thé et un craquement de biscuit sec :

— Des socquettes, il porte des socquettes à motifs ! C'est d'un mauvais goût ! Ses parents ne lui ont donc pas appris qu'un gentleman ne porte que des mi-bas unis ? Je ne veux pas de ça dans l'immeuble. Au revoir, on se rappelle en fin de journée, quand j'aurai vu tout le monde !

Maman Pilar, après avoir pris la précaution de couper le haut-parleur :

— Encore oun qu'on ne reverra plous ! Il était pourtant sympa, regrette-t-elle en levant les yeux au ciel. Encore oun qui est parti sans tambour ni chouquettes !

À la quatrième visite, je baisse les pattes, vidé, car le mode télépathie vision à distance nécessite une énorme concentration de ma part. Terriblement découragé aussi, avec la sensation de pédaler dans le yaourt : après le look tout noir du professeur de chimie au teint de cierge, la jeune étudiante en arts plastiques championne de saut à l'élastique mais allergique à la théine, et le retraité vachequiriphile enragé avec son cadeau sonore, le pape en personne pourrait se présenter qu'il ne trouverait pas grâce à ses yeux ! Il y a des jours sans, où l'on doit faire avec. Il faut dire que pour la miss, la journée avait déjà tellement mal commencé, avec les socquettes Mickey de Félix, qu'elle ne pouvait se terminer qu'en apothéose : avec la boîte à meuh-meuh du collectionneur !

Je décide de me mettre en RTT sur-le-champ, en répondant aux avances de Yasmina qui me tanne pour une partie de cache-cache dans le jardin.

8

Chameau !

Depuis le retour de Yasmina, j'ai à cœur, comme me l'a demandé Maman Pilar, de la surveiller de près. Des fois qu'il lui prenne des velléités de suivre sur des terrains libertins le premier don Juan venu. Après tout, elle n'est pas encore stérilisée, et ses phéromones peuvent lui jouer des tours ! De toute façon, sans fausse modestie, le seul et unique père que j'aurais vu pour sa progéniture, c'est moi, alors… Mais trop tard : en ce qui me concerne, le bistouri est déjà passé par là. Tant mieux dans un sens… Sur le disque dur de ma mémoire, j'ai toujours présente à l'esprit cette affiche alarmante de l'École du chat de l'Île-Saint-Denis, punaisée dans le cabinet de mon vétérinaire : quand on pense que deux chats qui s'aiment peuvent au bout d'un an avoir trois portées, c'est à dire douze chatons joueurs ; deux ans plus tard, une armée de cent quarante-quatre minous ; trois ans après une population de mille sept cent vingt-huit faméliques... et quatre ans plus tard encore, vingt mille sept cent trente-six orphelins SDF malheureux !

Mon Dieu, la chance que j'ai eue de tomber dans une bonne maison ! Ça donne à réfléchir, et ça rend responsable surtout ! Bien sûr, la castration n'est une partie de plaisir pour aucun félidé. Ils ont beau dire, le côté mâle en prend un sacré coup ! Heureusement, on oublie vite. Et ça reste la seule solution à la surpopulation... et l'assurance aussi d'une fidélité garantie !

Aujourd'hui, je ne pourrais plus me passer de Yasmina. Je l'aime trop ! Quel est l'imbécile qui a dit qu'un animal était incapable de sentiments ? Depuis qu'elle est là, le temps file à une vitesse ! À preuve : je n'ai pas vu le mois passer que c'est déjà jour de visite !

Juste après le ramassage des poubelles, une sonnerie intempestive à l'entrée de la loge interrompt notre petit-déjeuner :

— Oh ! miss Crumble !...

Maman Pilar tombe des nues en la découvrant de si bonne heure en déshabillé jaune soleil, mules assorties, sur le pas de la porte :

— Vous avez besoin de quelque chose ? Vous n'êtes pas malade, au moins ?

La propriétaire, rouge de colère, en brandissant ses fiches :

— Vous savez que c'est jour de visite du studio aujourd'hui. Et il me manque une fiche ! Je n'en ai que cinq ! Et je ne peux pas faire visiter dans ces conditions. Ça dérange tous mes plans !

— Ma il me semblait bien que y en avait déposé six sour votre secrétaire ! assure Maman Pilar.

Le ton se fait cassant :

— N'insistez pas ! Dites aussi que je perds la tête puisque vous y êtes ! Vous ne m'avez laissé que cinq fiches et pas une de plus, je sais ce que je dis ! Ça m'apprendra à déléguer ! C'est quand même malheureux qu'on ne puisse faire confiance qu'à soi-même !

Maman Pilar, au bord des larmes, se confond en excuses :

— C'est la première fois que ça m'arrive... Pardon... Elle doit être quelque part !

En fouillant le tiroir de fond en comble, toute tremblante :

— Non, yé ne trouve rien...

— Vous m'aviez habituée à plus de sérieux, Pilar ! Je crains qu'il ne faille tout décommander pour aujourd'hui et remettre ça au mois prochain !

— Ma yé ne pourrais joindre personne en si peu de temps ! Et ce couple qui est arrivé ce matin dou Brasil por visiter !

Miss Crumble, jetant nerveusement les fiches sur la table :

— Ce n'est pas mon problème. Débrouillez-vous !

— Ma regardez, il y en a six ! lance Maman Pilar avec joie.

— Quoi !... s'agace la miss, au bord de la crise de nerfs.

— Regardez ! Oune fiche est collée à l'autre !

Et tout en la décollant avec précaution, dans un petit sourire :

— Ma on dirait comme de la marmalate d'oranches !

La propriétaire, prise en double flagrant délit de mauvaise foi et de gourmandise, lui arrache la fiche des mains. Et pour se donner une contenance, commence à lire à voix haute de colorature :

— Scarlett Crumble...

Puis, sans raison, elle se laisse tomber sur le canapé, blanche comme un linge, au bord de l'évanouissement…

— Miss ! Miss Crumble, vous ne vous sentez pas bien ? s'inquiète Maman Pilar en lui mettant la main sur le front… Yé vais appeler oun doctor !

Miss Crumble, le regard dans le vague, répète inlassablement :

— Scarlett Crumble ! Scarlett Crumble !

— Crumble, c'est son vrai nom à elle, pas comme vous ! Elle est d'orichine brétonne ! explique Maman Pilar. C'est noté sour sa fiche !

D'une voix blanche, la propriétaire, ailleurs :

— Bretonne ! Oui, bretonne !

Et instantanément, elle se lève, ragaillardie :

— Je ne ferai visiter mon studio aujourd'hui qu'à Scarlett Crumble ! Décommandez tous les autres !

En fouillant dans la poche de son déshabillé, elle sort un billet de cent euros, qu'elle dépose sur la table :

— J'avais pensé vous augmenter ! C'est le moment !

Et elle s'en va en courant, de peur déjà de regretter son geste…

En faisant claquer ses petits talons sur le plancher, Maman Pilar, dans un flamenco endiablé :

— Olé augmentacion ! Olé augmentacion ! Olé ! Depuis le temps que je l'attendais celle-là !

Et croisant les doigts :

— Maintenant, faut appeler tout le monde, et, pour le rendez-vous de Scarlett cet après-midi (en prenant à témoin saint François d'Assise dans son cadre, qui me fait un clin d'œil), vaya con Dios !

Comme dit souvent Maman Pilar, pour se donner du courage les jours où elle en manque : « Après la ploue, le beau temps. » Mais j'ai souvent remarqué que l'inverse est vrai aussi, et c'est le cas aujourd'hui : journée pourrie de chez pourri ! Après avoir empoché les cent euros providentiels, en boomerang le retour de bâton : impossible de joindre en direct les visiteurs de l'après-midi, sinon via leur messagerie. Et arrive ce qui devait arriver : les cinq postulants à la queue leu leu, à une heure d'intervalle, sonnent à la porte de miss Crumble – qui derrière son œilleton fait la sourde oreille. Le réflexe veut qu'on s'adresse alors à la gardienne, qui, elle, est là pour essuyer les plâtres ! Et ils ont tous une excuse. Trois d'entre eux n'ont pas consulté leurs messages, le couple de Brésiliens ne l'a pas eu, problème de réseaux sans doute ou barrière de la langue. Quant à la dernière, quinqua soixante-huitarde en santiags roses, elle venait visiter pour une amie retenue en province, et donc n'a pas été prévenue :

— J'ai pris ma journée, moi ! Voilà ce que c'est de rendre service, ça vous retombe sur le nez ! Vous n'auriez pas une cigarette, une blonde, de préférence ? Trois semaines que j'ai arrêté de fumer ! Le tabacologue m'avait prévenu : surtout pas de contrariété ! Et voilà, par votre faute, je replonge !

— Oune chance pour vous, alors : yé ne foume pas ! lance Maman Pilar. Ma yé peux vous offrir oune petite eau-de-vie maison ?

Les yeux de la quinqua s'illuminent. Mais, pendant qu'elle sirote son petit verre, sur le pas de la porte déboule un livreur essoufflé :

— Pour miss Crumble ! Y a personne chez elle, je peux déposer ça chez vous ?.... Une petite signature siouplaît !

Maman Pilar, soulagée :

— La marmalate d'oranches, enfin ! On s'inquiétait que le colis se soit perdou, ou volé. C'est le fournissor de la reine d'Angleterre !

Pendant que le livreur finit d'empiler les six cartons dans un coin, elle jette un œil en direction de la quinqua. Mais où est-elle passée ? Ça alors ! Envolée, avec le petit verre en cristal de son beau service.

Comme à son habitude, quand elle n'arrive pas à obtenir ce qu'elle désire, la propriétaire fait du harcèlement – son passe-temps favori. Coups de téléphone, messages sur le répondeur, intrusions intempestives à la loge plusieurs fois par jour, avec toujours le même leitmotiv :

— Alors, Pilar, vous avez des nouvelles ?

C'est quand même pas notre faute si on n'arrive pas à joindre une Scarlett volatilisée dans la nature avec son 06 !

— Elle a peut-être loué aillors ? laisse échapper malgré elle Maman Pilar.

Et s'il y a bien une chose au monde que déteste miss Crumble, c'est qu'on contrarie ses fixettes :

— Ne dites pas n'importe quoi ! Elle est sûrement en voyage. À vingt ans, on a la bougeotte !

Dans un profond soupir :

— C'est elle et elle seule, vous comprenez, qui occupera mon studio, un point, c'est tout ! Dites aux autres qu'il a été loué ! Je ferai retirer l'annonce du journal demain matin à la première heure. À propos, n'oubliez pas de faire le ménage à fond !

— Ma yé l'ai fait ayer ! réagit Maman Pilar.

— Il y a tellement de poussière, de pollution à Paris. Repassez quand même un coup de swiffer. N'oubliez pas non plus, pendant que vous y êtes, d'aérer, mettre des fleurs, des roses pastel, une bouteille d'eau au réfrigérateur, quelques cookies, du chocolat. Que ça ait l'air vivant pour l'arrivée de Scarlett !

— Ma… on n'a yamais fait ça pour personne !

— Scarlett n'est pas personne, Pilar ! N'oubliez jamais ça !

9

Chahut

Pas le temps de souffler qu'un raffut pas possible éclate au premier étage. En deux temps, trois mouvements, Maman Pilar est sur les lieux et moi derrière elle. M. Romero, en caleçon et chaussettes, se tape une crise de nerfs :

— Que se passe-t-il ? demande Maman Pilar.

— J'ai entendu du bruit sur le palier. Je pensais que c'était encore mademoiselle Deville avec ses ordures. Et je ne sais pas comment j'ai fait mon compte, je me suis retrouvé sur le palier en slip, à la porte de chez moi ! Vous connaissez un honnête serrurier ?

— Calmez-vous, M. Romero !

Elle sort de sa poche un petit verre, et sa bouteille d'eau-de-vie miracle. En lui en versant une rasade :

— Votre voisine n'est pas sour Paris en ce moment, elle rentre la semaine prochaine. Ma dites-moi, vos clés sont restées dans la serroure ?

— Mais non, même pas ! Dans la poche de ma veste.

— Excellente nouvelle ! Né bouchez pas, yé vais essayer d'arrancher ça !

Au bout de quelques minutes, Maman Pilar revient avec une grande enveloppe. Elle en sort un cliché radiographique.

Devant l'amiral éberlué :

— C'est ma dernière mamagraphie ! Tout est normal, yé vous rassoure !

Pieux mensonge : comment avouer à un homme comme l'amiral que c'est la radio souvenir de la fêlure du crâne de son ex ! Cliché aux pouvoirs instantanément apaisants, sur la blessure fantôme du passé amoureux de Maman Pilar, soigneusement rangé dans un tiroir secret. Qu'elle ressort à chaque crise aiguë du syndrome de rancune chronique, dont elle souffre comme d'un vieux rhumatisme. Ou à l'occasion, pour ouvrir la porte d'un locataire tête en l'air !

C'est ce qui lui reste de l'époux infidèle ! Elle a brûlé toutes les photos des deux plus belles années de bonheur de son existence : les débuts de leur rencontre, le voyage de noces en car à Benidorm, et la paire de boucles d'oreilles en papier mâché recouverte de faux or, sertie de zircons, réduite en cendres à la première allumette, cadeau de leur premier anniversaire de mariage, balancée de rage dans le Guadalquivir…

Entre nous, elle n'y a pas été de main morte avec le rouleau à pâtisserie ! Elle aurait pu le tuer et finir sa vie en prison ! À son Rodrigo, elle lui avait pourtant donné une deuxième chance en lui posant un ultimatum :

— Si tu ne la revois plou, on efface tout et on repart à céro !

Elle l'aimait tellement ! Et Maman Pilar, tous ceux qui la connaissent bien le savent, est la femme d'un seul homme !

À quoi, le mari volage avait répondu, charmeur :

— De acuerdo, amor !... en continuant à la tromper effrontément derrière son dos, et toujours avec la même femme.

Trop, c'était trop ! Alors, Maman Pilar, sur un coup de sang, avait donné toute sa penderie à Marius, un pauvre type de même gabarit qui faisait la manche au métro Convention avec son harmonica : costumes, pull-overs, chaussettes… jusqu'aux souliers vernis de son mariage ! Un soir de froidure, elle l'avait ramené à la maison et habillé de pied en cap, pour l'hiver, l'été, l'automne et le printemps.

Grâce à ses largesses, le bonhomme avait retrouvé du travail par la suite, et même une femme ! Comme quoi le malheur des uns fait le bonheur des autres !

Un jour, Rodrigo, sa passion émoussée, avait eu quelques goûts de revenez-y en tentant de rentrer au bercail. On n'efface pas une femme comme Maman Pilar d'un coup de gomme. Mais sur le chemin, il croisa par hasard Marius dans son beau pardessus en cachemire bleu marine… Vexé, il n'avait plus jamais osé toquer à la porte de la loge. Et depuis, personne n'avait plus entendu parler de lui.

En experte, Maman Pilar fait glisser la radio dans l'interstice de la porte ; et, après quelques mouvements énergiques de va-et-vient verticaux, celle-ci s'ouvre, comme par magie.

M. Romero n'en croit pas ses yeux :

— Vous me sauvez la vie ! Je saurai, croyez-moi, m'en souvenir au moment des étrennes ! Imaginez le ridicule pour un ancien militaire : se montrer dans une tenue pareille devant un serrurier. Avec vous, ce n'est pas pareil, on se connaît depuis si longtemps déjà !

En tendant son verre :

— Ça mérite une autre lichette !

Se reprenant :

— Je vous demande un instant !

Il disparaît et revient, dans ses charentaises, avec un billet de cent euros à la main qu'il glisse dans la poche de Maman Pilar :

— Comme disait ma grand-mère : c'est par les pieds qu'on s'enrhume !

— Ma non, M. Romero, c'est trop, yé ne peux pas accepter ! se défend-elle en reculant de trois pas. Et puis, ça fait partie de mon travail de dépanner les personnes de l'immeuble !

— Vous allez me vexer ! réplique le locataire. En plus, vous me faites faire des économies. Un serrurier m'aurait coûté bien plus cher… Et votre eau-de-vie, quel régal ! Merci pour tout. Voulez-vous que je vous débarrasse de cette radio, qui a pris un sacré coup de grisou ?…

Maman Pilar, avec un petit air sadique :

— Non, non, après oun bon coup de fer, elle peut encore servir ! Ma pensez quand même à faire oun double des clés pour la loche ! On ne sait jamais… Oun courant d'air, et hop ! On se retrouve sur le palier en calasson !

Et un gros billet vert de plus qui s'ajoute à notre cagnotte sous le matelas !

Aujourd'hui, l'immeuble est désert. Long week-end d'Ascension oblige ! Paul Rieth surfe, sans sa femme, à Biarritz ; Andréa Baume mange du chocolat à Genève en famille ; Solange Deville vole vers le pays du Soleil-Levant ; et Agnès Soubise, sa boule de poils gigoteuse dans son panier de transport à la main, prend le train pour La Rochelle : elle va présenter Yasmina à ses parents.

Il ne reste plus que nous, M. Romero… et miss Crumble. En pleine dépression, elle vient d'entamer sa septième grève de vocalises. Comme pour le deuil de ses maris et de ses chiens, il lui faut faire celui de Scarlett, la locataire élue qu'elle n'a pourtant jamais vue. Mais quand elle fait une fixette, il faut la laisser vivre avec, le temps que ça dure. Maman Pilar, bien que jugeant sa réaction disproportionnée par rapport à la situation, est persuadée qu'elle souffre d'un syndrome d'abandon récurrent : chaque fois qu'on la lâche d'une manière ou d'une autre, elle accuse le coup en se tapant une déprime sévère avec extinction de voix à la clé ! Et avec les années, cela ne risque pas de s'arranger ! Pourtant, il n'y a pas mort d'homme ni d'animal, cette fois ! Après tout, si cette Scarlett n'est pas intéressée par le studio, c'est son droit ! Et si elle a trouvé à louer ailleurs, elle n'a de comptes à rendre à personne, surtout pas à miss Crumble, dont elle ignore l'existence !

Comme chaque fois, c'est le même rituel : la propriétaire s'enferme à triple tour chez elle, ne répond plus au téléphone, terrée dans son silence ;

elle met au chômage femme de ménage et coach sportif, n'écoute plus Callas et coupe le sifflet à son horloge Westminster jusqu'à nouvel ordre.

Chaque matin, elle glisse sous son paillasson, sans se montrer, la liste de courses que Maman Pilar va lui faire et lui dépose avec le courrier devant sa porte.

10

À bon chat bon rat

Je tue le temps, comme je peux, sous le cerisier du jardin en comptant les heures qui me séparent de Yasmina. Elle a tellement pris de place dans ma vie ! Comment ai-je fait pour vivre si longtemps sans elle ! Je me le demande. Quand déboule ma copine souris, dans tous ses états :

— Julio ! J'ai besoin de toi !

— Mais qu'est-ce qui t'arrive, Grisette ?

— Je suis à la rue avec ma petite famille !

— Encore ! Et pour quelle raison, cette fois ?

— Après le dégât des eaux qui a endommagé son appartement, Annie Rieth profite de ses vacances en célibataire à Ibiza pour faire repeindre son quatre-vingts mètres carrés en vert pistache. C'est très tendance cette année à ce qu'il paraît ! Les peintres ont déboulé à l'aube ce matin. Et ils vont remettre ça tous les jours de 8 h à 17 h, pendant au moins deux semaines, avec seulement une coupure d'une heure pour le déjeuner ! Pour une fois qu'on aurait pu être peinards et avoir l'appart rien que pour nous, c'est raté ! J'ai bien pensé nous installer dans le jardin, mais les nuits sont encore fraîches et les rôdeurs à moustaches à l'affût du moindre festin !

— Tu as raison, c'est pas le moment d'attraper la crève, et j'ai aperçu l'ombre de Vampire rôder dans le coin hier soir. Attends… je crois que j'ai ma petite idée ! Vous pourriez vous installer, le temps des travaux, dans le studio de miss Crumble. Il est inoccupé, et les visites sont interrompues jusqu'à nouvel ordre. Autant qu'il profite à une famille dans le besoin. Maman Pilar doit passer justement le swiffer sur le parquet cet après-midi. Vous pourriez vous faufiler discretos, ni vu ni connu ! Mais attention, pas de bazar ! Ni salissures, ni chapardage, ni grignotages de fils électriques, pas plus que de croque-canapés en cuir ou simili. Et surtout, passe le mot à la marmaille : je ne veux pas d'ennuis, moi !

— Promis ! Juré ! crache par terre Grisette. Si tu pouvais me donner un coup de main…

— OK, tope là ! Je profiterai de la pause déjeuner des peintres pour tous vous récupérer sous mon ventre, comme d'habitude. Vous n'aurez qu'à bien vous accrocher à mes poils… Ne t'inquiète pas, la porte d'entrée est toujours ouverte pour les allées et venues. Ils me connaissent, ils ne se méfieront pas de moi et n'y verront que du feu ! Je vous mettrai en lieu sûr dans le jardin une heure ou deux, le temps pour Maman Pilar de faire le grand ménage dans le studio de miss Crumble. Et juste avant qu'elle ne plie bagage avec l'aspirateur et tout le toutim, je vous y installerai à nouveau, incognito !

Et le moment venu, on n'aura qu'à faire le même cirque dans l'autre sens avec les peintres ! Mais je t'en supplie, préviens Blanchette de ne pas mordiller mes tétines avec ses dents pointues comme la dernière fois. Je me demande comment je me suis retenu pour ne pas hurler de douleur ! J'ai été quitte pour une visite chez le vétérinaire, qui craignait à un trouble du comportement. Heureusement qu'une simple crème a fait l'affaire, sinon j'étais sous calmants.

— Oh ! rassure-toi ! Elle est sevrée depuis et préfère le gruyère à toutes les tototes !

Je sais ce que vous pensez : vis-à-vis de Maman Pilar, qui ne mérite pas ça, j'aurais de quoi m'en vouloir ! Heureusement pour moi, les félidés n'ont aucun sens de la culpabilité et, jusqu'à preuve du contraire, j'en suis un ! Une fois qu'une décision est prise, il n'y a plus à revenir dessus. L'instinct est notre moteur, il nous protège de ce sentiment destructeur propre aux humains, et de bien d'autres d'ailleurs. On vit l'instant, à fond les manettes. Comme nous sommes conscients de cette supériorité, le présent reste notre unique terrain de jeu. Pas le temps de se prendre la tête avec hier et ses regrets. Quant à demain, c'est un autre jour !

Par contre, on a le sens de l'amitié ! Grisette a su gagner ma confiance et peut compter sur moi en toutes circonstances ! Car je n'oublierai jamais ce jour, lendemain de mon arrivée chez Maman Pilar, où elle m'a prévenu de l'existence de Cambronne et de sa bande, les terreurs du quartier !

Toute tremblante, derrière son trou de souris, elle a réveillé en moi un côté Robin des bois que je ne soupçonnais pas. Et depuis ce moment-là, en souvenir de Grisette, je me suis promis de toujours aider les plus faibles, dans la mesure du possible !

11

Chabadabada

Ce soir, Maman Pilar est de sortie avec Dolorès. Une fois par mois, elles se font un petit restau en s'invitant chacune à leur tour. Après, toujours au même endroit, Chez Pepino, elles vont déguster une glace italienne parfum stracciatella.

Pour une fois qu'elle pense un peu à elle avant de penser aux autres ! J'en suis ravi. Je la regarde se maquiller, et je me dis comme chaque fois qu'elle a vraiment un très joli visage, avec ses grands yeux myosotis. Si seulement elle perdait quelques kilos, ce serait une très jolie femme. Elle s'est mise à grossir quand son mari serrurier a commencé à la tromper du jour au lendemain, sans raison, avec une autre Espagnole, curieusement plus âgée ! Aussitôt, elle s'est consolée en le remplaçant… par le chocolat et autres douceurs ; son tempérament aidant, ça s'est vite envolé, d'une quinzaine de kilos sur une taille d'un mètre soixante… Pourtant, elle mériterait tellement de rencontrer l'âme sœur ! À l'entendre, bien sûr, c'est hors de question :

— Yamais plous oun pantalon ne rentrera à la maison !

Mais enfin ! À même pas quarante ans, une femme a encore le droit au bonheur !

Un dernier pshitt d'eau de parfum mimosa derrière l'oreille et la voilà prête, dans son joli chemisier à volants de la couleur de ses yeux et ses créoles andalouses.

En me gratouillant la tête :

— Mon Julio, garde bien la maison !

La voilà partie. Je m'assoupis dans mon couffin en me disant que dans vingt-quatre heures Yasmina sera de retour, et notre vie pourra reprendre son cours normal…

Quand soudain des hurlements me tirent d'un affreux cauchemar : Yasmina est perdue dans une forêt pleine d'ombres géantes de chats errants et m'appelle au secours…

Je m'extrais illico de ma chatière et aperçois l'auteur du barouf : l'amiral, coincé dans l'ascenseur à l'ancienne entre le rez-de-chaussée et le premier étage, donne de violents coups de pied dans la porte qui couine dangereusement. Mlle Deville, sa valise-cabine posée à côté d'elle, essaye de le calmer :

— Une chance que je sois rentrée plus tôt que prévu, M. Romero ! Grève des pilotes, tous les vols vers l'Asie sont annulés jusqu'à nouvel ordre.

L'ancien militaire, en appuyant comme un malade sur tous les boutons :

— Deux heures que je suis prisonnier de cette boîte à sardines ! La sonnerie ne répond pas. Mme Pilar non plus. Et l'immeuble est vide : tous partis en week-end ! Claustrophobe comme je suis, je vais avoir une crise cardiaque !

L'hôtesse de l'air, qui en a vu d'autres, sereine :

— Calmez-vous, M. Romero, calmez-vous… Respirez, respirez profondément, voilà, très bien… Je suis là, moi, et je vais vous sortir de ce mauvais pas !

Elle dévale l'escalier jusqu'à la loge et appuie sur la sonnette, sans succès. Quand une pancarte de l'autre côté de la vitre attire son attention : LISTE DES NUMÉROS D'URGENCE ; à côté d'ASCENSEUR, un 06 qu'elle compose immédiatement sur son portable.

En attendant le dépanneur, je me dis que prévoir tout problème qui peut arriver pendant son absence, voilà aussi l'une des qualités de Maman Pilar. Qui fait d'elle une super gardienne !

Quelque trois quarts d'heure plus tard, deux rangers de très mauvaise humeur débarquent. Après maintes manipulations, ils libèrent enfin le prisonnier et s'éclipsent sans même un au revoir.

L'amiral, plié, fait le baisemain à Mlle Deville :

— Mlle Solange ! Vous êtes…

Après avoir cherché un moment :

— … mon ange ! À partir d'aujourd'hui, plus de salamalecs, appelez-moi Pepito !

Merci la vie, pour ce sacré coup de pouce dans le rôle de super médiateur que je me suis fixé dans l'intérêt commun : voir enfin s'entendre les voisins de notre immeuble ! Le cas Deville-Romero était pour moi le plus gros morceau, et je crois que c'est en bonne voie…

Après ce début de nuit mouvementé, je regagne mon couffin avec volupté. La clé un peu éméchée, dans la serrure, m'annonce le retour de Maman Pilar :

— Tout s'est bien passé, mon Julio ?

Je cligne des yeux avec amour, pour ne pas lui gâcher sa soirée.

Mais il est tard, presque minuit. N'aurait-elle pas rencontré le prince charmant sur sa route ? Saint François d'Assise, je compte sur vous pour en glisser un mot à votre saint confrère attaché aux histoires de cœur !

Le lendemain matin, fidèle à mon poste stratégique devant ma chatière, je vois passer d'un pas alerte le coach sportif du quatrième étage, suivi une heure plus tard de la coiffeuse à domicile et du fleuriste, un énorme bouquet de pois de senteur à la main : j'en déduis que les affaires reprennent pour miss Crumble. Renaîtrait-elle de ses cendres ?

En effet, sur le coup de 11 h à la loge, coup de sonnette de la propriétaire. Coiffée, maquillée, toute de jaune soleil vêtue, et d'excellente humeur :

— Pilar, j'ai eu des nouvelles de Scarlett ! On s'est parlé longuement hier au téléphone. J'avais encore raison : elle était en voyage. Elle rentre des Seychelles dans trois semaines et a hâte de visiter le studio ! Je compte sur vous, naturellement, pour que tout soit prêt pour l'accueillir ! Faites bien le ménage à fond un jour avant. Et très important : les cookies, n'oubliez surtout pas les cookies ! De ce pas, je m'en vais faire quelques courses au marché. J'espère que le poissonnier a de belles soles aujourd'hui : tout ça m'a ouvert l'appétit. Bonne journée, Pilar !

En passant devant moi :

— Vous avez raison ! Il ne lui manque que la parole, à Johnny !

Et attendrie :

— Votre chat me fait tellement penser à mon Johnny ! Les mêmes yeux ! Je ne m'habituerai jamais à l'appeler Julio !

Me comparer à un chien ! Il y a des jours où ça ne passe vraiment pas ! Bien que je ne sois pas du tout raciste... mais appelons un chat un chat. Pauvre cloche ! Julio risque bien de t'épater un de ces quatre, et beaucoup plus que tu ne crois !

Elle pile net, se retourne brusquement et me jette un regard trouble comme si elle avait reçu mon message en pleine figure.

Trois semaines, quel timing ! Le temps pour les ouvriers de Mme Rieth de repeindre ses murs, à la peinture de sécher, et à mes amis rongeurs de retrouver tranquillement leurs appartements ! Voilà qui va rassurer Grisette et sa petite famille : je vais vite leur annoncer la bonne nouvelle.

Il ne me reste plus qu'à me réhabituer aux vocalises de la colorature, à sa Westminster et la musique monocorde de ses dong, dong ! Avec en fond sonore, en boucle, tout le répertoire du palais Garnier ! Vous n'avez pas idée combien l'ouïe du chat est fine : allergique au bruit des marteaux-piqueurs et sensible à la musique ! Pour ma part, plus au classique qu'à l'opéra. Les aigus me filent mal au crâne. Je suis fan de Chopin !

Sur le coup de 2 h du matin, j'ai eu la surprise de sentir Yasmina se glisser contre moi, dans mon couffin. Elle avait hâte de me raconter dans les moindres détails son week-end à La Rochelle : l'hospitalité des parents d'Agnès, leur générosité, les talents de cuisinière de sa maman, le poulet du dimanche midi sortant du four, avec un beau morceau de blanc pour ses papilles, les longues parties de cache-cache dans la maison avec son papa, éternel adolescent… Mais surtout la mer, devant… Immense, si bleue, dans ses vagues. Les bateaux de pêche, le cri des mouettes, les embruns, les promeneurs sur la jetée, le coucher de soleil à travers les grandes baies vitrées : vue imprenable sur l'imaginaire ! Quels talents de conteuse, cette Yasmina. Comme si j'y étais ! Avec, en bonus, l'air iodé par bouffées dans mes narines… non sans me rappeler, c'est curieux, l'étal de LaSardine et son arrivage du jour.

12

Sur les chapeaux de roues

Ça y est, presque tout le monde est rentré de week-end et tant mieux. Je commençais à trouver le temps long. Andréa Baume, de Genève, avec sa petite boîte de chocolats blancs qu'il n'oublie jamais pour Maman Pilar ; Solange Deville, toujours en stand-by de Roissy pour la reprise des vols…

L'amiral, lui, sédentaire endurci depuis qu'il est à la retraite, ne prend plus la mer que dans ses souvenirs. Sans doute a-t-il épuisé son capital voyage.

Miss Crumble reprend quotidiennement un peu plus du poil de la bête en comptant les jours qui la séparent de Scarlett.

Il ne manque que le couple rock and roll du deuxième étage, et l'immeuble va pouvoir reprendre son rythme de croisière, avec les allées et venues des visiteurs, livreurs, facteur… et, une fois par semaine, le coach sportif et la femme de ménage de miss Crumble.

Hier en fin d'après-midi, on a eu la visite de Solange Deville, avec des cadeaux dans les mains : une boîte de pâtes de fruits et un dôme au saumon. Elle voulait nous remercier :

— Ma ce n'est pas moi qui a descendou vos ordoures ! lui répond Maman Pilar.

— C'est qui alors ? demande l'hôtesse de l'air.

— Yé n'en sais rian !... Sans doute quelqu'oun qui a préféré les escaliers à l'ascensor – et en voyant le sac-poubelle à votre porte, il a trouvé yentil de le descendre en même temps que le sian. C'est pas Agnès Soubise, yé l'ai voue partir tôt ce matin pour la fac. Miss Crumble, c'est pas son genre… et M. Romero, la question ne se pose pas ! M. Rieth ? Pas très galant d'habitoude, mais qui sait ? M. Baume ?....

Après qu'elle m'a gentiment gratouillé la tête – ce qui me met toujours dans l'état que vous savez ! –, je vois repartir ma Chatouche, comme je l'ai surnommée secrètement, toute songeuse…

Le lendemain vers 10 h, même scénario, coup de sonnette à la loge. Solange, de nouveau :

— Pilar, non seulement quelqu'un a encore descendu mon sac-poubelle, mais en plus, j'ai trouvé à la place une rose rouge, sans un mot !... Ça me laisse perplexe. Qui ça peut bien être ?

— Vous avez oun amoureux transi dans l'immeuble, qui n'ose pas déclarer sa flamme, voilà tout ! Pas étonnant, belle comme vous êtes ! en déduit Maman Pilar. À quelle hore mettez-vous vos ordoures à la porte ?

— Vers minuit environ… et le matin à 9 h, elles ont disparu ! Si vous pouviez essayer de mener une petite enquête… Cette situation me met mal à l'aise. J'aime bien savoir qui s'intéresse à moi. Heureusement, je reprends mes vols dans quelques jours pour Singapour et j'enchaîne tout de suite après pour le Japon. J'aurai autre chose à penser.

De nouveau seule avec moi dans la loge, Maman Pilar s'interroge à voix haute tout en vaquant à ses occupations :

— Y'y pense : M. Baume à oun bon alibi, il travaille à ces hores-là ! M. Rieth… Mais oui, bien soûr ! Il doit manquer de cobayes por tester ses sex-toys ! Et tant qu'à faire, il les choisit à son goût !

J'ai commencé à préparer le terrain bien à l'avance en parlant de Yasmina à Castagnette et vice versa. Avant qu'elles ne se frittent un jour de rencontre-surprise. En prévision du moment où, inévitablement, je vais devoir les présenter l'une à l'autre.

Comment ? Par des petites phrases anodines glissées dans la conversation :

— Yasmina, j'ai remarqué que, pour une chatte, tu n'es pas raciste. La tolérance, c'est ta plus grande qualité…

— Oh ! tu sais, moi, à part certains chiens – surtout ces chiennes remuantes et bavardes –, j'aime tout le monde !

— À ce propos, il faudra à l'occasion que je te présente Castagnette. Elle est très altruiste, toujours prête à rendre service. Elle a vraiment, comme on dit, le cœur sur la patte.

— Castagnette ? questionne la minette en hérissant le poil, dans un mouvement de recul.

— C'est la loulou de Poméranie de Dolorès, la meilleure amie de Maman Pilar. Elles viennent nous rendre visite quelquefois.

— Je vois très bien de quoi tu veux parler : ce sont ces trucs tout poilus ramasse-miettes ! lance-t-elle en grimaçant, avant de passer aussitôt à autre chose….

Et ainsi, à chacune de nos rencontres, comme si de rien n'était, je remets Sent-la-Crotte sur le tapis :

— Yasmina, tu as le bonjour de Castagnette !

— Mais je ne la connais même pas ! Et dis-moi, elle n'est pas un peu agitée du bocal, ta copine ?

Je persiste et signe, une fois, deux fois, dix fois… devant une Yasmina de plus en plus ailleurs, qui ne relève même plus.

Je fais de même avec ma copine chienne, mieux disposée :

— Les amis de mon ami Julio sont mes amis !

Au moins avec elle, c'est réglé une fois pour toutes !

Et puis un jour, comme quoi tout arrive à qui sait attendre, la minette, de bonne humeur, me lance avec espièglerie avant de remonter chez elle :

— Et n'oublie pas de saluer Castagnette de ma part quand tu la verras !

J'ai bien fait de persévérer !

Le hasard faisant quelquefois bien les choses, le jeudi suivant, en fin d'après-midi, Dolorès passe à la loge à l'improviste avec Castagnette :

— Quelle chance, tu es là, Pilar !... Je peux te confier ma fille une petite heure ? J'ai rendez-vous chez le dentiste à côté. Une molaire qui me fait un mal de chien !

Mais voilà, Yasmina est dans mon couffin. Castagnette, brave pomme, en a tellement entendu parler qu'elle s'approche sans se méfier. Mais avant même que j'aie le temps d'intervenir, la panthère, en signe de bienvenue, lui lacère d'une griffure énergique le bout du museau. S'ensuivent aboiements, crachouillis, trousse de première urgence avec compresse et désinfectant sur le nez de Sent-la-Crotte !

J'interviens illico :

— Yasmina, je te présente Castagnette !

Prise de remords, sans doute, ma minette s'avance à pas feutrés vers la chienne apeurée, qui fait un bond de trois mètres en arrière, mais n'insiste pas plus que ça. Ouf… bon gré mal gré, les présentations sont faites ! Moi qui redoutais tellement cet instant … c'est derrière, je n'y pense plus.

Maintenant, il ne leur reste plus qu'à apprendre à s'aimer avec le temps. De mon côté, je ne lâche pas l'affaire…

D'autres entrevues se passent encore, au gré des visites de Dolorès et Sent-la-Crotte, sans effusion ni agressivité de part et d'autre. Elles font mine de s'ignorer en ne se quittant pas de l'œil…

Jusqu'à ce dimanche miséricordieux où Yasmina, prise d'un élan affectif, dépose sous la truffe enfin cicatrisée de Castagnette sa ba-balle en mousse. Chez les chats, le jeu adoucit les mœurs, c'est bien connu !

13

Chacun chez soi

Aujourd'hui, grande effervescence dans les étages : demain, Scarlett Crumble visite le studio de son homonyme. Chez qui la maison Chanel vient de livrer un nouveau tailleur pour la circonstance, avec chapeau et ballerines assortis.

La porte de l'ascenseur n'arrête pas de s'ouvrir et de se refermer : sur l'esthéticienne, la coiffeuse, le manucure-pédicure chinois, le fleuriste de la propriétaire… Telle une pile électrique, celle-ci n'a pas dormi de la nuit, téléphonant jusqu'à plus d'heure à la loge pour rabâcher ses dernières directives à Maman Pilar : fleurs de saison dans les vases, eau et jus de fruits pressés au frigo… et les cookies, surtout ne pas oublier les cookies !

— Quelques macarons de chez Hermé, peut-être aussi. Vous avez bien tout noté ?

Je ne peux m'empêcher de penser : « Et si le studio n'était pas au goût de Scarlett ? » Ça pourrait très bien arriver après tout. J'imagine d'ici la réaction de la proprio. Elle serait bien capable de refaire toute la déco, rien que pour lui plaire !

Pendant que Maman Pilar – en tornade blanche, harnachée de son aspirateur, chiffons, produits miracles en tout genre pour nettoyer, désinfecter, cirer du sol au plafond – est happée par l'ascenseur vers le quatrième étage, je dois m'occuper dans l'urgence du réaménagement de Grisette et de sa petite famille chez Mme Rieth, qui arrive d'Ibiza avec ses sacs Vuitton. Juste le temps pour moi de récupérer, sous mon ventre, la marmaille, pour les réinstaller tous dans leurs nouveaux murs vert pistache. Ouf ! Voilà qui est fait :

— Julio, mon chat, tu vois bien que je viens d'arriver de voyage ! Je n'ai vraiment pas le temps de m'occuper de toi ! me lance Annie Rieth en bourrant sa machine à laver de linge sale.

Quand débarque soudain Yasmina, qui se tortille dans tous les sens en miaulant.

— Ah non ! Tu ne vas pas t'y mettre aussi ! s'exaspère la locataire avec un geste d'agacement.

Soudain, j'entends un petit grignotement sous le ventre de ma petite sœur de cœur. En m'approchant de plus près, je découvre Blanchette, accrochée à ses poils par sa patte arrière, en train de déguster en toute sérénité un morceau de macaron.

Par chance, le portable entonne au même moment *La Marseillaise*. Pendant qu'Annie le cherche fébrilement au fond de son grand sac fourre-tout, je récupère délicatement la souricette qui gigote entre mes dents, et la rend vite à sa mère, terrorisée derrière son trou de souris.

Mais au loin la voix de Maman Pilar m'appelle. Yasmina et moi, plus rapides que l'éclair, nous frottons déjà à ses jambes. Elle a sa tête des mauvais jours :

— Julio, c'est toi qui as grignoté tous les macarounes ?

Les petits voraces ! Le contraire m'aurait étonné ! N'ayant pas le choix de faire autrement, je prends mon air le plus fautif, histoire de couvrir Grisette et sa petite famille.

— Tou n'es pas sympa, yé vais devoir aller en acheter d'autres ! C'est vraiment pas le your, avec tout ça que y'ai à faire !

Après cette dure journée, je venais à peine de fermer l'œil, quand les ébats amoureux des Rieth m'arrachent des bras de Morphée. Ça faisait longtemps !

J'entends Maman Pilar rouspéter dans son lit :

— Ils pourraient être oun peu plou discrets ces dos-là ! C'est touyours pareil ! Quand ils sont séparés plou d'oune semaine, ils remettent ça de plou belle ! À réveiller tout le quartier ! C'est plou de l'amor, c'est de la rache !

Et le lendemain, immanquablement, c'est la bousculade des doléances à la loge. Les uns après les autres. M. Romero d'abord :

— Pilar, je vous en supplie, faites quelque chose. Je ne peux plus les entendre ! Au lieu de repeindre ses murs, elle ferait mieux d'insonoriser sa chambre à coucher… J'ai déjà fait une main courante, si ça continue je vais déposer une plainte ! Il en va de ma santé. J'ai le cœur fragile ! On m'a déjà mis des stents, et à ce rythme je vais droit à la transplantation cardiaque !

L'amiral emploie très souvent des mots savants que je ne comprends pas toujours. Des « stents » ? Peut-être un terme de marine ?

En s'éloignant au pas cadencé :

— Ça se dégrade, Pilar, ça se dégrade ! Quand j'ai aménagé il y a quinze ans, c'était un immeuble bourgeois bien tranquille ! Oh ! je ne parle pas pour vous… je ne parle pas pour vous… Ne vous sentez pas toujours visée ! Vous êtes une perle… une perle rare !

— Y en glisserai oun mot à la propriétaire, soupire Maman Pilar.

Ensuite, ma Chatouche, qui sait toujours y mettre les formes – question d'éducation sans doute :

— Vous avez entendu, cette nuit, ces cris ?… On aurait dit qu'on égorgeait quelqu'un ! Avec tout ce qu'on entend en ce moment sur les femmes battues, il y a de quoi se poser la question. Je ne voudrais pas qu'on nous accuse de non-assistance à personne en danger…

Maman Pilar, en levant les yeux vers les étages :

— Ne vous inquiétez pas, c'est encore au deuxième que ça se passe...

À voix basse :

— … Mme Rieth est rentrée hier d'Ibiza. Et à les entendre, ces dos-là se font ploutôt dou bien !

— Excusez-moi pour le dérangement, Pilar, je repars tout à fait rassurée ! Et surtout n'oubliez pas… ma petite enquête !

Andréa Baume est le seul à ne pas être importuné par ce tapage nocturne récurrent. Évidemment, il travaille la nuit ! Quant à Agnès Soubise, elle doit avoir un sommeil très profond, car de mémoire de gardienne elle ne s'est jamais plainte !

Maman Pilar prend son courage à deux mains et décide une bonne fois pour toutes d'en informer miss

Crumble, qui – c'est étrange, shocking comme elle est – ne lui en a jamais parlé.

Peut-être pour se donner de l'assurance :

— Tou m'accompagnes, Julio, ça détendra l'ambiance !

Je ne me le fais pas répéter deux fois et lui emboîte le pas, toujours prêt à rendre service… Et un peu bignole aussi, je l'avoue !

Après avoir discrètement sonné à sa porte :

— Miss Crumble, c'est moi Pilar !

La propriétaire lui ouvre aussitôt :

— Que me vaut le plaisir ? Oh ! mais le beau Johnny est avec vous !

Au début, ça me mettait en pétard qu'elle m'appelle comme feu son chien ! Et puis, je me suis habitué à ne plus l'entendre. À me répéter dans ma tête avec philosophie : Julio, je m'appelle Julio ! Jusqu'à lui trouver des circonstances atténuantes, mettant ça sur le compte de sa peine inconsolable et de son âge. Et après tout, ce Johnny était peut-être un chic toutou.

Maman Pilar, un peu gênée, à mots couverts :

— Yé viens vous parler dou couple Rieth, dou deuxième étache !

La miss, en tendant l'oreille :

— Parlez plus fort, je ne vous entends pas !

Elle monte d'un ton :

— Yé viens vous parler dou couple Rieth, dou deuxième étache.

— J'ai dit plus fort ! Vous êtes sourde ou quoi ?

Maman Pilar s'exécute :

— Lui est beau garçon ! enchaîne la proprio. Elle, trop bronzée à mon goût, ce qui lui donne ce côté vulgaire, de basse extraction. Mais les deux, très corrects niveau loyer. Rien à dire. Jamais un jour de retard… Donc, vous disiez ?

Maman Pilar, en bafouillant :

— La nuit… ils crient, vous saisissez ? Et ça yêne les autres locataires !

La propriétaire, agacée :

— Pilar, vous le faites exprès de ne pas articuler ? Mais qu'est-ce qui vous prend, vous êtes aphone ?

Maman Pilar répète la phrase en hurlant :

Miss Crumble joue l'étonnée :

— Du bruit ? Rien entendu… Et je peux vous dire qu'une colorature a de l'oreille. Je suis sûre que ça vient encore de Romero. Quelle mauvaise langue, celui-là ! Ne vous tracassez pas pour ces bisbilles de voisinage. Ça lui passera avant que ça ne me reprenne !

Et s'adressant à moi :

— Viens, mon Johnny, je vais te donner un petit biscuit vitaminé. Mais avec quoi tu joues, mon trésor ?

Maman Pilar se baisse aussitôt pour m'enlever le petit objet des pattes. Étonnée, très fort :

— C'est oun appareil auditif miniatoure ! Yé n'en ai yamais vou si petit !

Miss Crumble, rouge pivoine, se met à bafouiller lamentablement, prise en flagrant délit de cachotterie :

— My God ! Ça vient des États-Unis… Donnez-moi ça tout de suite, c'est précieux !

— Celui qui l'a perdou doit être bien embêté, s'inquiète Maman Pilar. Yé vais mettre oune annonce à la loche, si vous voulez.

Miss Crumble la coupe sèchement :

— Il appartient à mon amie Margareth. Elle est venue prendre le thé hier, ça a dû tomber de son oreille. Je vais lui téléphoner pour qu'elle vienne le récupérer ! Maintenant, laissez-moi, je vais la prévenir !

Je repars, sans mon biscuit peut-être, mais avec ma petite revanche féline : grâce à moi, on sait que miss Crumble n'entend plus très bien ; et qu'elle fait fabriquer ses appareils auditifs sur mesure par le leader mondial américain, afin qu'ils soient les plus invisibles possible. Complexée, elle garde ça pour elle. Seule cette amie, qui les reçoit chez elle avant de les lui remettre en soum soum (comme dirait Cambronne !), est dans la confidence.

Pas étonnant que les ébats nocturnes pourtant très colorature des Rieth n'aient pas écorché ses oreilles délicates. On porte rarement ce genre d'accessoires pour dormir.

14

Chanel

C'est le jour J : rendez-vous au sommet entre la colorature et Scarlett, la locataire élue. Tout le monde est sur le pied de guerre : Maman Pilar, à son poste, observe discrètement ce qui se passe derrière le voilage de la loge. Yasmina et moi, chacun son œil devant la chatière en plexiglass panoramique, ne voulons pas non plus en perdre une miette.

Mais à part miss Crumble qui, tombée du lit, n'arrête pas de défiler devant nos yeux dans des tenues toutes plus solaires les unes que les autres, à grands effets de foulards et de manches… RAS.

Dans une moue de dégoût :

— Je trouve décidément ce tailleur pas glamour. La haute couture n'est plus ce qu'elle était. On ne peut plus faire confiance aux conseillères, incapables d'objectivité. Pourvu qu'elles fassent du chiffre… Un tiroir-caisse dans le cœur, voilà ce qu'elles ont ! À croire qu'elles sont à la commission. Et peu importe que ça vous aille comme une selle à un cochon… Encore une erreur d'achat ! Et ce chapeau piqué de bengalis, d'un criard ! Quant aux escarpins, c'est carrément un fashion faux pas…

Décidément, rien ne semble assez beau pour la future locataire !

Tant sa nervosité est vive, la propriétaire électrise tout ce qu'elle touche – y compris Maman Pilar, qui saute en l'air à chaque nouvelle décharge de sa part. Yasmina et moi préférons nous tenir à distance.

Finalement, ouf ! elle remonte chez elle. Mais au bout d'une demi-heure à peine, la revoilà dans une nouvelle robe-tailleur jaune soleil. En toquant à la porte, histoire de se montrer :

— Je reviens aux valeurs sûres, classiques ! Griffées Chanel !

Et elle sort de l'immeuble.

— Mais où va-t-elle ? se demande Maman Pilar.

Bizarre ! Le rendez-vous n'a donc pas lieu dans son appartement comme d'habitude…

Je m'isole et me mets illico en mode télépathie vision longue distance, ce qui complique un peu l'affaire à cause de possibles interférences.

Un taxi emporte miss Crumble à vive allure, longe la rive gauche, tourne pour rejoindre le rond-point des Champs-Élysées, disparaît un moment derrière un car de touristes japonais avenue Gabriel avant de ressurgir pour tourner sur la droite, prendre la rue du Faubourg-Saint-Honoré et la déposer un peu plus loin devant l'hôtel Bristol.

Sur mon écran de pensée radar, je la vois qui se dirige d'un pas décidé vers le jardin. J'en profite au passage pour faire la connaissance de Faraon, très classieux, et de Cléopâtre, beaucoup plus jolie au naturel qu'à la télévision : les maîtres chats des lieux. On papote un peu sur la vie du palace, de ses clients célèbres, leurs petites manies, les spécialités du chef, les soirées à thème qui remportent un franc succès… Puis je retrouve miss Crumble à une table, sous les frondaisons, près de la fontaine.

Sur sa chaise, elle commence à manifester des signes d'impatience, lorgnant sa montre toutes les trois secondes. La demoiselle est en retard, et la colorature n'aime pas ça du tout…

Quand débarque, essoufflée, une ado agitée, de grande taille, aux cheveux longs, raides et rouges, dans un drôle d'accoutrement mi-sexy, mi-armure :

— Vous êtes miss Crumble ? Je suis Scarlett !

Dans un sifflement admiratif, en traînant lourdement sur les « a » :

— Je vous trouve très swaaagg !

La colorature, subjuguée :

— Vous ressemblez à… un personnage de dessin animé… Betty Boop !

Scarlett, vexée, les yeux au ciel :

— Elle a craqué son string ! Vous me filez le seum ! Je suis l'incarnation d'Erza Scarlet. Les Mangas, ça vous parle ?

Elle enchaîne :

— J'arrive à l'instant de Roissy. Voyage épuisant ! Trop de turbulences. Et la douane guez ! Ils ne me lâchaient plus…

Tu m'étonnes ! Elle ne doit pas en croiser tous les jours des comme ça, la douane !

Et happant au passage une serveuse :

— Le low-cost, je suis trop dég' ! Tout ça m'a donné soif. Un jus de pommes pressées, bio, s'il vous plaît, sans glace.

— Mais vous avez quel âge ? questionne miss Crumble. Vous paraissez si jeune…

Pendant que la propriétaire sort un mystérieux objet rectangulaire de son sac :

— Justement, il faut… bafouille Scarlett.

Et là, plus de son, plus d'image ! Un merle, un coin de toast dans le bec, a traversé mon champ de vision et a fait bugger mon système de pensée… Impossible de me reconnecter à une telle distance, c'est foutu pour aujourd'hui. Je me retrouve en mode échec dans mon couffin, très déçu.

Sur le coup de 18 h, Maman Pilar, inquiète, aperçoit derrière son voilage miss Crumble, le visage fermé, l'air de *La Mort d'Isolde* sur les lèvres – signe de très mauvais présage. Et, entrouvrant la porte :

— Tout s'est bien passé ? risque-t-elle, sur le bout de la langue.

Toujours sur l'air du célèbre opéra de Wagner, miss Crumble, sans se retourner, en prenant l'ascenseur :

— On doit se revoir, on doit se revoir !

Alors, plusieurs hypothèses se bousculent dans la tête de Maman Pilar :

— Ça s'est forcément mal passé. Sinon miss Crumble ne serait pas de si méchante humeur. Mais voilà, reste à savoir comment… et pourquoi la propriétaire n'a pas fixé rendez-vous chez elle, comme à son habitude, devant un thé et des cookies avant de faire visiter le studio.

Oh ! que je sens l'embrouille !

La miss se montre parfois sadique, mais elle est aussi une grande comédienne à ses heures, qui aime bien jouer avec les nerfs des gens. En particulier avec ceux de Maman Pilar : comme elle sait que la patience n'est pas son fort, elle en profite. Pourtant, il faudra bien qu'elle la tienne au courant, pour le dernier coup de swiffer si aménagement il y a, ou alors – sait-on jamais – retour catégorique à la case départ. Elle compte bien trop sur sa gardienne pour trouver le locataire idéal !

Connaissant la proprio, si elle a décidé égoïstement de garder secret le moment qu'elle vient de vivre avec Scarlett, ou s'il lui prend d'un coup la lubie de ne plus vouloir louer parce que celle-ci ne lui a tout simplement pas plu, cela peut prendre des semaines, voire des mois, avant d'espérer la moindre explication !

Chaque fois que Maman Pilar tombe sur miss Crumble, elle essaie bien, par quelque petite phrase anodine lancée à la volée, de remettre la conversation sur le tapis. Mais peine perdue : celle-ci préfère éluder la question d'un geste évasif et passer à un autre sujet plus urgent.

Coïncidence ou pas ? Depuis l'épisode Scarlett, l'attitude de la propriétaire est on ne peut plus étrange, ce qui inquiète beaucoup Maman Pilar. Voilà qu'elle se met à parler seule, vocaliser dans un jargon qui ressemble à celui de Cambronne, et à s'exprimer en onomatopées plutôt qu'avec des phrases. Maman Pilar a d'abord mis cela sur le compte de la pleine lune qui, elle en est persuadée, peut avoir des effets plus ou moins perturbants sur la cabeza des gens. Mais à chaque nouveau croissant, l'état de miss Crumble, au lieu de s'améliorer, semble s'aggraver. Tous les locataires qui la croisent sont du même avis : quelque chose ne tourne plus très rond dans sa tête. À leur « Bonjour, comment allez-vous ? », elle répond, souriante : « TRK ! » sans oublier d'ajouter, éducation d'outre-Manche oblige : « Cimer ! » suivi du nom de la personne à qui elle s'adresse.

Agnès Soubise pense que c'est une mauvaise passe, qu'il ne faut pas y faire attention : sans doute le cap de la soixantaine plus que largement dépassé... Difficile à avaler pour une femme comme elle, si longtemps courtisée par les hommes. M. Romero, lui, craint fort un début de dégénérescence du cerveau. Les Rieth la traitent d'artiste, prenant ça à la rigolade et par-dessus la jambe. M. Beaume, toujours discret, ne l'a pas vue depuis des mois et promet d'y prêter attention à la prochaine occasion. Quant à Solange Deville, il faudra lui poser la question à son retour du Japon – hors décalage horaire pour avoir une réponse cohérente.

Ce matin, n'y tenant plus, Maman Pilar décide d'en avoir le cœur net. Et, d'un pas tonique, va sonner à sa porte.

— Bonjour, miss Crumble, yé changé de cire pour le parquet et je voulais avoir votre avis.

— TBM !

— Pardon ? grimace ma gardienne adorée.

— Trop hard ! répond la propriétaire.

— Yé ne vous comprends plou ! éclate Maman Pilar, au bord des larmes.

Elle enchaîne :

— Y'ai besoin de savoir, moi : por le studio, on le loue ou on le loue plou ? Et le ménache ? Qui va faire le ménache ? Moi ou quelqu'oun d'autre ? Si vous n'êtes plou contente de mon travail, il faut le dire ! Y'aime autant le savoir !

— Oh ! ne soyez pas aussi susceptible ! Vous n'y êtes pour rien. Je suis surmenée en ce moment…

À voix basse :

— J'apprends une nouvelle langue…

En montrant du doigt une pile de dictionnaires sur son bureau :

— Le djeuns ! En voulant tout assimiler en même temps, je mélange tout, l'oral, l'écrit… Difficile de se remettre aux études après tant d'années. Vous allez comprendre, je traduis : « TBM » signifie « Très bien, merci », en langue écrite. « Trop hard » veut dire « génial », en langue orale. À moins que ce ne soit le contraire… mais je vous rassure, votre nouvelle cire est trop hard ! Il faut vivre avec son temps, ma chère, et vous feriez pas mal de vous y mettre aussi, au djeuns ! Si vous ne voulez pas vous sentir incomprise dans l'avenir.

— Si ça vous embête pas, y'aimerais mieux qu'on se parle comme avant ! supplie Maman Pilar. Y'ai déyà tellement de mal avec le français, yé ne suis pas très douée pour l'école !

— D'accord, d'accord, d'accord ! Je ne voudrais surtout pas perturber vos neurones ! Votre travail pourrait en pâtir. Quant au studio, je l'ai loué à Scarlett, je croyais vous l'avoir dit… J'attends le rendez-vous téléphonique de son garant pour les dernières formalités d'usage, car la petite est mineure. En ce qui concerne le ménage, je vous dirai.

— Minor ? Ma elle m'avait pourtant dit au téléphone qu'elle avait dix-huit ans ! Quelle petite menteuse !

La réponse revient en boomerang :

— Le téléphone ! Mais c'est une manie chez vous ! Rien ne remplace le contact direct, je crois vous l'avoir déjà dit.

En joignant le geste à la parole :

— Yeux dans les yeux. Mettez-vous ça dans votre petite cabeza une bonne fois pour toutes !

— Ma elle se trouvait à Nouv York !

— Pieux mensonge, alors ! Elle a tellement envie d'occuper mon studio et de prendre son envol. J'étais la même à son âge. Une surdouée ! À l'université à même pas quinze ans ! Normale qu'elle soit émancipée !

— Ma elle l'a visité alors, le studio ?

— Non, je lui ai montré des photos. Sur ma tablette !

— Sour votre tablette ?

C'était donc ça, le mystérieux objet sorti de son sac, dans les jardins du Bristol : miss Crumble s'est mise à la tablette !

De retour à la loge, Maman Pilar, un peu perplexe, se laisse tomber sur le canapé. Mais elle reprend vite ses esprits, en se rangeant définitivement à l'avis des Rieth : miss Crumble est une artiste, une originale, excentrique, un peu fofolle, et rien ni personne ne pourra la changer à son âge !

D'ailleurs, quel âge a-t-elle vraiment ? Difficile de savoir tant elle brouille les pistes. Elle annonce soixante au compteur… et n'en démord pas pendant trois ans. Puis passe à cinquante-six l'année suivante, pièce d'identité à l'appui. Le plus drôle, c'est que tout le monde joue le jeu. Comme l'être humain parfois peut se compliquer la vie !

Une question me taraude. Qui a bien pu déposer une rose devant la porte de Mlle Deville ? Le mystère reste entier, l'enquête de Maman Pilar est au point mort. Après bien des investigations sans réelles pistes sérieuses, elle en est arrivée à la seule conclusion plausible : fleur tombée d'un bouquet. Et décide de classer l'affaire.

L'hôtesse de l'air ne manquera pas, comme je la connais, de s'en inquiéter dès son retour du Japon.

15

Charabia

Ce matin, un drôle de personnage toque à la porte de la loge sur le coup de 11 h :

— Mme Crombe, c'est bien au quatrième ?

Maman Pilar désigne du doigt une plaque sur le mur :

— L'immeuble est strictement interdit aux démarcheurs, colporteurs et quêteurs !

Le jeune homme, l'œil bridé, dégingandé, jeans déchirés, en sandales sans chaussettes, crâne rasé avec une fine tresse violette sur le côté, un sac à dos fatigué, la main sur le cœur, le buste en avant :

— Mais je suis attendu par miss Crombe !

— Crumble ! Et elle tient à miss, miss Crumble… rectifie Maman Pilar :

En prenant le téléphone :

— Un instant, je vous prie, vous êtes monsieur ?...

— Biloba !

En mettant le haut-parleur :

— Miss Crumble ? Un monsieur Biloba vous demande…

— Ginkgo ! Pas de problème, c'est mon nouveau professeur de djeuns.

Le jeune homme monte en petites foulées l'escalier, sur la pointe des pieds, en rythmant son souffle comme un jogger. Il marque une halte sur le palier et, après quelques étirements, reprend de plus belle son ascension.

Je me mets illico en mode télépathie vision à distance, pour en savoir plus.

— Quelle ponctualité ! Vous voulez boire quelque chose ? propose miss Crumble en lui ouvrant la porte.

— Je prendrais bien un jus de persil plat… mais toujours après l'effort, le réconfort ! D'abord, on va commencer par tester votre niveau.

En jetant un œil sur la pile de livres sur le bureau :

— Après, on fera le ménage. Certains datent vraiment. Voyez-vous, le djeuns est une langue vivante en perpétuelle mutation. On peut vite être obsolète. Car entre le moment où l'ouvrage s'écrit et le jour où il sort en librairie, bon nombre de mots et d'expressions sont déjà passés aux oubliettes. Je vous conseillerai de vous abonner à la bible des bibles régulièrement actualisée. Voyons maintenant ce que vous avez retenu de toutes vos lectures.

Miss Crumble se met à énumérer en articulant :

— Chimique, wesh, yolo, bon ice, être bag, frais, bolos, fais belek…

Ginkgo valide ou pas chaque mot, d'un mouvement de tête.

— Vous pourriez m'expliquer ce que signifie « swaaagg » ? demande alors la propriétaire.

Le professeur, quelque peu étonné :

— « Swaaagg » veut dire « stylé »… Mais je croyais que vous étiez british ? C'est un anglicisme…

— Oh ! « swag » ! Sure, de « swagger » ! : « What hempen homespuns have we swaggering here !… »

Elle reprend en chantonnant :

— *A Midsummer Dream*…

Et ponctue :

— Shakespeare, *Le Songe d'une nuit d'été*. Mais il faudra revoir votre accent, jeune homme !

Ce dernier ajoute, un tantinet vexé :

— « Swagg » peut vouloir dire aussi « se la péter ». Tout dépend du contexte, bien sûr.

Miss Crumble, choquée :

— Se la quoi ?

— Se la jouer, quoi ! Se pavaner, fanfaronner, si vous préférez.

— Very interesting ! Et où puis-je me procurer la bible des bibles ? demande la propriétaire.

Ginkgo sort alors de son sac à dos une pile de polycopiés :

— Voilà ! La bible des bibles, actualisée régulièrement par mes soins ! En plus du prix des cours qui s'élèvent à trente euros de l'heure, il vous en coûtera la modique somme de cinq euros par mois. Avec la garantie d'être toujours à la pointe de l'actualité. Ah ! j'allais oublier le plus important : toute heure commencée est intégralement due !

À voix basse, il ajoute :

— Si vous pouviez me régler en cash ? Pour une question pratique de trésorerie personnelle…

Miss Crumble tique un peu en s'acquittant tout de même de la somme demandée par le professeur.

Quelque quatre quarts d'heure plus tard, Maman Pilar, derrière son voilage, voit l'homo sapiens sortir de l'immeuble tout guilleret, ratant d'une poignée de secondes Solange Deville et son inséparable valise-cabine à roulettes.

— De retour ? lui lance Maman Pilar en entrouvrant la porte de la loge.

— Exténuée ! répond l'hôtesse de l'air. J'ai hâte de retrouver mon lit ! À propos : j'héberge mon frère, qui arrive de New York pour une petite semaine à Paris. Il sera là après-demain… Et pour mon enquête, il y a du nouveau ?

— Soûrement une rose tombée d'un bouquet !

— J'aime mieux ça…

En refermant la porte de l'ascenseur derrière elle :

— On se parle demain ! Bonne nuit, Mme Pilar !

La fée Harmonie semble avoir élu domicile depuis quelques jours dans notre immeuble. Pas un mot plus haut que l'autre. Calme, sérénité, silence religieux. On se croirait dans une cathédrale en dehors des offices. La courtoisie, la tolérance, je dirais même – le mot n'est pas trop fort – l'aménité semblent avoir gagné le cœur de tous les locataires. Sourire, poignées de main, compliments sincères s'échangent allègrement. Jusqu'à Yasmina qui me laisse piquer dans ses croquettes, c'est dire !

Mais on ne peut jamais être tranquille très longtemps. Après le calme, la tempête. La nouvelle semaine démarre sur les chapeaux de roues. Avec, dès 8 h, Annie Rieth en larmes, au bord de la crise d'hystérie, qui frappe à la porte de la loge.

En s'affalant bruyamment sur le canapé :

— Paul me trompe, Paul me trompe ! Il a dîné hier soir avec une bombasse dans une auberge. Une de mes amies les a piégés.

Maman Pilar essaye de la calmer :

— Ma Annie, il ne faut pas mettre les charroues avant le bœuf. Dîner, c'est pas tromper !

— Pour nous, si ! Ça fait partie de notre conception du mariage…

— Ma yé pensais que vous étiez oun couple moderne ?

— Bien sûr, il a le droit, comme moi d'ailleurs, de s'envoyer en l'air avec qui il veut à la va-vite, mais seulement pour le boulot ! Là, c'est différent : non seulement il a partagé un repas aux chandelles avec une jolie blonde, mais en plus il a pris une chambre double pour la nuit avec petit-déjeuner ! Et si dormir avec quelqu'un, c'est pas tromper, dites-moi alors ce que c'est ?

— Mais d'abord, vous êtes soûre que c'était lui ? Cette amie a pou confondre, il y a des sosies dans la vie !

Annie Rieth, en tapotant sur son portable :

— Regardez ! Elle a pris une photo en cachette !

Maman Pilar ne peut que se rendre à l'évidence, et cet épisode réveille instantanément dans son cœur un passé douloureux. Le sang au visage :

— Il faut vous venger ! Oy pour oy, dent pour dent !

Secouée de sanglots, la locataire, dans un murmure :

— J'en suis incapable. Je l'aime trop pour ça !

Maman Pilar, compatissante, lui sert un petit verre de son élixir magique :

— Ça ira mieux après !

Annie le boit cul sec :

— Merci. Je pourrais en avoir un autre pour la route ?... Maintenant, il faut que j'y aille, sinon je vais être en retard. J'ai donné rendez-vous à la boutique à une grosse acheteuse japonaise.

En fin de matinée, c'est au tour de Mlle Deville de débarquer, avec une rose rouge dans la main :

— Voilà ce que j'ai trouvé ce matin devant ma porte, sans un mot, pas une carte de visite. Et mon sac d'ordures a encore disparu !

En agitant la fleur :

— Tombé d'un bouquet, croyez-vous ? Si c'est une plaisanterie, j'aimerais bien savoir d'où elle vient ! J'ai bien peur d'avoir affaire à un maniaque.

— Ma non... la rassure Maman Pilar. C'est soûrement oun homme timide qui n'ose pas vous déclarer sa flamme. Ce n'est pas quelqu'oun de l'immeuble, en tout cas. Il faut chercher aillors, dans vos relations professionnelles, peut-être. Et n'oubliez pas, Solange, en cas de besoin, yé suis là !

Celle-ci, en passant la porte :

— À propos, mon frère jumeau arrive cet après-midi. Pourriez-vous lui remettre le double de mes clés, car j'ai peur de ne pas être là pour le recevoir !

Et comme convenu, sur le coup de 15 h, un jeune homme à l'allure sportive se présente à la loge :

— Bonjour ! Solange m'a beaucoup parlé de vous.

— Qu'est-ce que vous vous ressemblez, tous les deux ! Une pomme coupée en dos ! ne peut s'empêcher de remarquer Maman Pilar. Vous êtes tous aussi beaux dans la famille ?

Lui, en prenant la clé qu'elle lui tend :

— On a pris du côté de maman, une très jolie femme. Mais papa n'est pas mal non plus, il a beaucoup d'allure. Je vais vite prendre une douche et me changer pour être présentable. Ce soir, j'emmène ma sœurette au théâtre !...

Une heure plus tard, c'est au tour d'Agnès Soubise de nous rendre une petite visite :

— Pilar, nous partons après-demain dans la soirée pour trois jours à La Rochelle. Nous voulons faire une surprise à mes parents. Ils adorent Yasmina et c'est réciproque. L'air de la mer va nous faire le plus grand bien à toutes les deux.

16

Charivari

Elle aurait quand même pu m'avertir de son départ, la chipie ! Ah ! ces minettes, toutes les mêmes. J'espère qu'elle ne m'a pas déjà remplacé par un mistigri rochelais.

Maman Pilar est rentrée aussitôt dans ma tête :

— Viens là, mon Julio, qu'on se fasse oun câlin, toi et moi ! Trois yours, c'est pas trop long, et puis ça nous reposera ! Elle nous colle un peu trop en ce moment, la Yasmina ! Quand elle rentrera, youe les indifférents, ignore-la oun moment… Tou verras comme elle va te courir après ! Tou vas tellement lui manquer.

Et à moi donc !

Un coup de téléphone de miss Crumble juste après le JT de 20 h nous surprend en plein dîner :

— Scarlett veut visiter le studio demain à 11 h, avant que je ne parle à son garant, pour être sûre qu'il lui convient vraiment.

La propriétaire, paniquée :

— Et le ménage qui n'a pas été fait ! Et les cookies, ils doivent être durs comme de la pierre !

Maman Pilar la rassure :

— Ne vous inquiétez pas, yé ferai le ménache cette nuit s'il le faut, et tant pis pour les insomniaques, yé les préviendrai. Demain, j'irai faire les courses à la première heure, pour acheter boissons, fruits, fleurs et macarounes…

Miss Crumble, toute souriante :

— Et des cookies, n'oubliez surtout pas les cookies ! Que ferais-je sans vous, ma chère, vous êtes une perle fine !

Pauvre Maman Pilar ! Non seulement elle doit assurer la bonne tenue de l'immeuble pendant la journée, mais voilà que maintenant la proprio la met au boulot même de nuit !

Après avoir averti M. Romero au passage qu'il y aurait un petit remue-ménage au quatrième pour cause d'aménagement imminent, elle s'adresse à moi :

— Allez, mon Julio, tou m'accompagnes ?

Après trois bonnes heures à astiquer le parquet, dépoussiérer les meubles, laver à grande eau le bout de terrasse, arroser les plantes, et une dernière fois encore tout vérifier :

— Ouf ! On a bien mérité de se mettre au lit !

En regagnant la loge, nous croisons les jumeaux, Solange et Olivier, qui rentrent de leur soirée théâtre.

Solange, étonnée :

— Pilar, vous n'arrêterez donc jamais ! Il faut apprendre aussi un peu à vous économiser ! On a trop besoin de vous !

J'en profite au passage pour me frotter contre ses jambes nues…

— Dormez bien !

— Bonne nuit !

Le lendemain, juste après avoir sorti les poubelles et fait un brin de toilette, la voilà qui repart dare-dare faire les courses pour miss Scarlett.

Je la fixe avec insistance :

— Moi qui rêvais tellement de prolonger notre câlin du matin…

Elle a compris le message. Me prend dans ses bras et dépose un tendre baiser sur ma tête :

— Plou tard !

Pendant son absence, le téléphone n'arrête pas de sonner : Dolorès, très excitée, laisse dix messages, tous les mêmes, à intervalles de cinq minutes chacun :

— Pilar, où es-tu encore ? Rappelle-moi, c'est urgent, j'ai quelque chose d'important à te dire !

Et puis, un appel laconique de miss Crumble :

— Rappelez-moi, merci.

En voyant le clignotant du répondeur, Maman Pilar l'interroge pour savoir qui a cherché à la joindre. Elle réécoute le tout dernier, laissé par miss Crumble, en appuyant sur la touche haut-parleur :

— Pilar, ne vous pressez surtout pas pour les courses. La petite a un empêchement pour aujourd'hui et ne visitera le studio qu'après-demain à 15 h !

Maman Pilar, à voix haute :

— C'était bien la peine de me presser comme ça ! Yé rappellerai Dolorès plou tard. Sinon y'en ai pour la yournée, bavarde comme elle est ! On a bien mérité de s'asseoir devant oun bon expresso, mon Julio !

Mais elle n'a pas fini de poser la cafetière italienne sur le feu, qu'on frappe à la porte. C'est ma Chatouche.

— Vous prendrez bien oune tasse de café avec moi ? propose gentiment Maman Pilar. Si votre youmeau veut se joindre à nous, il est le bienvenou !

— Volontiers ! Mais Olivier, il s'est fait enlever pour la journée. Il m'a même dit de ne pas l'attendre pour dîner ! Hier au théâtre, il a retrouvé une amie de fac, Élodie Bellefeuille. Ils s'étaient complètement perdus de vue. Ils ont forcément plein de choses à se raconter. Le monde est vraiment petit ! raconte l'hôtesse de l'air.

Et dans un soupir :

— Je me ferai un plateau-télé en l'attendant.

Enfin, je rejoins Maman Pilar et me glisse voluptueusement dans son lit : on se doit un câlin. Je m'endors, les quatre pattes en l'air, dans ses bras.

Mais en pleine nuit, nous sommes réveillés en sursaut : branle-bas de combat au premier étage ! Que se passe-t-il encore ?

Maman Pilar enfile prestement sa robe de chambre et, la mèche en bataille, se précipite dans l'escalier, moi sur ses talons.

Et là, on n'en croit pas nos yeux : Olivier, recroquevillé sur le palier, geint en se tenant la tête. Solange, en pyjama, très inquiète, est penchée sur lui :

— Mais que s'est-il passé ?

— J'aimerais bien le savoir ! répond son jumeau d'une voix plaintive.

— Vite ! donnez-moi de la glace dans oun sac plastique ou oune serviette, ça ira ! réagit aussitôt Maman Pilar. Il faudrait aussi dou désinfectant, dou pansement et dou sparadrape. Il saigne oun peu, il a reçou oun sacré coup !

Tout en se laissant soigner, Olivier raconte sa mésaventure :

— J'étais en train de mettre la clé dans la serrure le moins bruyamment possible, pour ne réveiller personne vu l'heure tardive, quand j'ai reçu un coup sur le crâne par-derrière. Je me suis effondré, presque évanoui ! Je n'ai rien vu ! Quand j'ai repris mes esprits, mon agresseur s'était volatilisé !

— Ça alors !

Solange ne peut s'empêcher de faire le rapprochement avec la rose mystérieuse déposée devant sa porte :

— Pilar, je vous dis que c'est le maniaque. Un détraqué qui rôde. Peut-être qu'il n'habite pas l'immeuble, mais en tout cas, il entre et sort comme dans un moulin ! Faudrait peut-être demander à la copropriété de changer le code de l'entrée.

— Yé vous promet d'éclaircir cette affaire ! jure Maman Pilar, soucieuse.

Et s'adressant à Olivier :

— Vous, allez vous reposer. Vous avez besoin de dormir.

Mais on n'a pas sitôt regagné la loge que des cris, bien reconnaissables cette fois, nous parviennent du deuxième étage :

— Les Rieth en pleines réconciliations amoroses ! Y'en étais soûre. Il n'y a pas que des mauvaises nouvelles, se réjouit Maman Pilar.

Et se glissant dans les draps :

— Yé suis ravie pour Annie, elle était tellement malhorose !

Le lendemain très tôt, Mme Rieth tambourine à la porte de la loge. Elle n'est pas seule :

— Pilar, je vous présente Lara Klett, ma sœur de cœur. On se ressemble comme deux gouttes d'eau, de vraies jumelles. Tant de points communs, c'en est miraculeux !

Elle ajoute avec admiration :

— Elle est testeuse internationale de sex-toys !

Dans un clin d'œil :

— Vous savez, je vous en ai parlé, c'est elle qui a dîné avec Paul ! L'auberge de charme qui fait hôtel… Sacrée bombasse, je vous l'avais dit ! Elle va rester quelque temps avec nous, histoire d'échanger nos expériences ! Quand on peut joindre l'utile à l'agréable, après tout, n'est-ce pas ?… Allez, bye bye, on a du pain sur la planche !

À en juger la grimace de dégoût qu'elle fait, je vois bien que Maman Pilar n'est pas partisane du ménage à trois !

Quelques minutes plus tard, c'est au tour de M. Romero, qui semble d'une humeur de dogue :

— Pilar, j'ai encore été réveillé cette nuit par... Vous voyez de quoi je veux parler ? Ça ne peut plus durer, il faut faire quelque chose !

Maman Pilar, complice :

— M. Romero, vous savez d'où ça vient ? Touyours du deuxième étache ! Y'en ai déjà parlé à miss Crumble plousieurs fois, mais ça ne semble pas la dérancher... Essayez, vous, de lui en glisser oun mot, elle vous écoutera peut-être. Ou alors employez la manière forte : mettez-vous d'accord avec les autres locataires pour faire signer oune peticion ! Moi yé renonce ! Y'ai fait tout ce que y'ai pou !

L'amiral, rouge de colère :

— Les cris ne venaient pas du deuxième, mais du premier ! De la porte en face de chez moi. Mlle Deville a un amoureux. Je l'ai vu, de mes yeux vu. Et leurs cris nocturnes sont encore plus puissants que ceux des Rieth ! Je n'aurais jamais cru ça d'une personne si réservée.

Maman Pilar se retient pour ne pas pouffer :

— M. Romero, vous vous trompez sour Mlle Solange. Son amoreux n'est que son frère youmeau, venou passer quelques yours avec elle. Il vit aux États-Ounis !

Comme je lui donne raison d'avoir passé sous silence l'agression mystère de la nuit précédente sur son palier. Avec lui, tout prend de telles proportions ! Il vaut mieux éviter les débordements.

Le locataire, blanc comme un linge :

— Son frère jumeau ? Quelle méprise de ma part ! Quant à miss Crumble, ne m'en parlez pas : j'ai beau sonner à sa porte plusieurs fois par jour, pas de réponse. À croire qu'elle crèche ailleurs.

L'amiral repart, le visage vide de toute expression.

17

Chamallow

Le lendemain, dès 8 h, miss Crumble nous fait une petite visite :

— Pilar, je voulais vous féliciter : le studio est impeccable. Les fruits et les macarons, de première qualité ! Pois de senteurs et roses, de toute beauté… et vous n'avez pas oublié les cookies !

En glissant un billet de cent euros dans la poche de Maman Pilar :

— Je passerai en toute fin de matinée pour vous montrer mon nouveau tailleur. Je remonte vite chez moi, j'attends mon coiffeur !

Je me demande ce que peut avoir la future jeune locataire du studio de si exceptionnel, pour mettre la propriétaire dans un tel état. Elle ne tient plus en place, une vraie pile électrique ! Pourquoi veut-elle rentrer à tout prix dans les bonnes grâces de Scarlett ?

Sur le coup de midi et demi, on voit passer à toute allure la colorature dans un ensemble rose bonbon en cotte de mailles, corsetée de cuir jusqu'à la poitrine, le cheveu méché écarlate :

— Pilar, que pensez-vous de mon nouveau look manga ?

— Eh... bafouille Maman Pilar qui n'en croit pas ses yeux. Oun vrai Chamallow !

— Envoyez-moi Scarlett dès qu'elle arrive, je lui ferai visiter le studio ! Si j'ai besoin de vous, je vous le ferai savoir !

À 15 h 1, la sonnerie du téléphone retentit dans la loge.

Le ton est sec :

— Pilar, que faites-vous ? Vous savez bien que je n'aime pas attendre !

— Ma, elle n'est pas encore arrivée !

La voix de la colorature se radoucit :

— Pauvre chérie, elle a dû tomber sur un chauffeur de taxi qui lui fait faire le tour de Paris...

— La voilà ! lance Maman Pilar.

— Alors, qu'attendez-vous pour aller lui ouvrir !

Et miss Crumble lui raccroche au nez.

Dans son accoutrement mi-sexy, mi-armure, une cage d'oiseau recouverte d'un fin tissu en mousseline à la main :

— Miss Crumble, c'est à quel étage, s'il vous plaît ?

— Quatrième ! répond Maman Pilar, hallucinée.

Sans plus tarder, je me mets en mode télépathie vision à distance.

Retenant sa respiration, miss Crumble se tient derrière l'œilleton, très émue. En ouvrant la porte :

— Bonjour, Scarlett, je vous attendais !

Celle-ci, dans un sifflement d'admiration :

— Chanmé le look ! J'adore ! Vite, on visite. J'ai hâte de libérer mes pets. Ils claustrophobent graaaaaaave !

La colorature s'exécute sur-le-champ.

L'ado se précipite sur le bout de terrasse, fait voler le voile en mousseline et libère deux gros escargots :

— Mes amours, on est at home !

En se retournant vers la propriétaire subjuguée :

— Happy et Natsu, je vous présente miss Crumble !

— Du nom des personnages Manga !... lance, complice, la propriétaire.

— Faut pas tout mélanger ! Ils en sont l'incarnation, nuance ! rectifie l'ado.

En apercevant une assiette de cookies, Scarlett prend un air dégoûté :

— Je n'aime que les gâteaux à la fraise !

— Très réussi, votre tatouage ! lance miss Crumble, gênée, en fixant le bras gauche de la jeune fille.

Scarlett, offusquée :

— Ce n'est pas un tatouage ! C'est un angiome, de naissance. Avez-vous eu mon garant au téléphone ?

— Oui ! L'avocat de votre père m'a téléphoné. Tout est en ordre, répond la colorature. Vous pouvez vous installer quand vous voulez.

— À demain alors ! Je laisse mes pets. Ils ont à boire et à manger dans leur cage.

— Mais il n'y a pas de porte ! Vous n'avez pas peur qu'ils s'échappent ? s'inquiète la miss.

— Non, ils sont libres d'aller faire leur tour. Pourquoi les priver d'une si belle terrasse fleurie ?

Peu après le départ de Scarlett, miss Crumble déboule en trombe :

— Pilar, Scarlett aménage demain. Faites disparaître cookies et macarons, et remplacez-les par des tartelettes à la fraise. Surtout pas de gariguettes, seulement des maras des bois.

— Et tous ces cookies, qu'est-ce qu'on va en faire ?

— Vous n'aurez qu'à les manger.

Elle ajoute, sur un ton autoritaire :

— Ah ! j'insiste sur un point : faites bien attention de ne pas écraser ses escargots de compagnie, Natsu et Happy, sur la terrasse. Ils ont l'air si mignons !

Et revoilà Maman Pilar partie à l'assaut des meilleurs pâtissiers de la capitale…

Plus tard, en redescendant du studio, elle croise Olivier avec sa valise dans l'entrée :

— Je vous attendais. Je suis venu vous dire au revoir avant de prendre mon avion !

— Déya vous partez ? s'étonne maman Pilar.

— J'ai tellement de boulot, si vous saviez !… lance le jumeau dans un soupir. En lui prenant la main :

— Mme Pilar, je vous confie ma petite sœur. Je ne vous cache pas que je ne pars pas tranquille. Toutes ces roses rouges déposées devant sa porte, et mon agression nocturne… Il y a de quoi se faire du souci !

Maman Pilar essaye de le rassurer :

— Yé vous promets de veiller sour elle.

— À bientôt. Je compte revenir à Paris plus souvent et j'espère très vite définitivement ! Tous ces gratte-ciel commencent à me donner le vertige. Solange est ma seule famille. Si seulement je pouvais obtenir ma mutation. Mais chut !... C'est un secret entre vous et moi, j'aimerais lui faire la surprise. D'ici là, j'espère qu'elle prendra quelques jours de vacances pour venir me voir aux States. Essayez de l'en persuader… À propos, vous pourriez peut-être me renseigner sur cette jeune femme que j'ai croisée dans l'ascenseur ?

Maman Pilar prend un air dubitatif :

— Oune yeune femme ? Yé sais pas vous dire, il en passe beaucoup dans l'immeuble. Soûrement una collaboratrize de M. Rieth.

— Elle tenait un petit chat dans ses bras.

— Y'ai trouvé ! Yé sais, c'est Agnès, Agnès Soubise ! Elle termine ses étoudes de vétérinaire, et sa boule de poils s'appelle Yasmina. C'est la fiancée de Julio.

Lui, en pointant du doigt le pansement sur sa tête :

— Malheureusement, je ne me suis pas montré sous mon meilleur jour !

En se murmurant à lui-même :

— Agnès, joli prénom ! Soubise… Charmante ! Vraiment charmante !

Olivier repart un peu tristement vers sa Grosse Pomme.

18

Chamane

Je le vois bien, Maman Pilar commence à se faire du souci au sujet de Dolorès, qui ne répond plus à ses messages. C'est vrai qu'elle aurait pu la rappeler plus tôt : ça avait l'air important. Mais la gardienne du VIIe arrondissement n'est pas du genre à se vexer pour si peu. Pas du style, non plus, à partir en vacances sans l'en avertir.

Je lis un message dans son regard :

— Pourvu qu'il ne soit rien arrivé de grave !

Mais pas le temps d'essayer de la rassurer, qu'on tambourine à la porte :

— C'est moi, c'est moi Dolorès, ouvre !

— J'étais inquiète !... lui reproche Maman Pilar.

Elle cherche Castagnette :

— Et Castagnette ? Yé le savais, Madre de Dios, c'est Castagnette ! Ne me dis pas qu'elle a ou oun accident ? Cette sale manie de la promener sans laisse !

Dolorès, en faisant les cornes :

— Castagnette va bien, arrête de voir tout en noir, tu vas finir par nous porter la poisse.

Et tourbillonnant dans sa jupe à volants :

— Tu ne remarques rien, ma chérie ?

Maman Pilar, détaillant son amie :

— Ma qu'est-ce qui se passe ? Tou vas chez le coiffeur maintenant ? Quelle élégance ! Et ce parfoum, c'est nouveau... Ayourd'hui, tu fais dix ans de moins. Tou as fait oun lifting ou quoi ? Laisse-moi deviner... Y'ai trouvé : tou as oun amoreux !

— Pas du tout !

Elle sort une bouteille de champagne Dom Pérignon de son cabas Vuitton.

— Fais attencion ! la prévient Maman Pilar. Si tou te fais choper avec oun faux Vuitton, ça peut te coûter cher ! On va te mettre en prison. Il y a des contrôleurs partout qui traquent les contrefaçons. Ils l'ont même dit à la télévision !

Dolorès, offusquée :

— Mais c'est un vrai !

Maman Pilar, émerveillée :

— Tou as gagné à l'ouromillion ?

La gardienne fait durer le suspens comme par plaisir :

— Cadeau d'un admirateur !

— Et Castagnette, où est-elle ? s'agace Maman Pilar.

— Chez Marie Poirier, en train de se refaire une beauté.

— Chez qui ?

— Le plus grand salon parisien de toiletteurs pour chiens et chats. Julio aurait bien besoin d'un shampooing-brushing !

Il ne manquait plus que ça ! Je déteste les séchoirs !

Maman Pilar, en faisant tourner son index sur sa tempe à toute vitesse :

— Ne me dis pas que tou l'as encore inscrite à oun concours de beauté. On t'a déjà dit qu'elle n'avait pas les critères ! Elle n'a jamais rien gagné, même pas oun prix de consolacion.

— Mais les concours de beauté, c'est démodé ! Enfin, ça lui aura quand même appris à être à l'aise en société. Ma Castagnette est peut-être un peu grosse, mais en tout cas, c'est elle qui a tapé dans l'œil du photographe animalier, devant le Franprix. Elle a passé un casting et a été prise en exclusivité par l'agence Dog-Cat pour leur campagne mondiale de croquettes leader ! Ils m'ont versé une grosse avance. La semaine prochaine, tu la verras sur tous les abribus de Paris, et à l'automne en photo sur les boîtes, sachets fraîcheur, friandises et tutti quanti dans tous les supermarchés ! Les grands couturiers se disputent pour l'habiller, et j'ai rendez-vous avec le roi du merchandising pour plusieurs contrats : prêt-à-porter, shampooing, lotion, brosses, peignes, parfums, colliers et laisses, arts de la table, jouets, couffins pour chien… Quelqu'un veut même lancer son fan-club ! Je ne sais plus où donner de la tête. Aujourd'hui, Pilar, c'est le charme qui est tendance. Ce qui a plu chez Castagnette, c'est son sourire, ses dents de la chance en avant, et son regard qui tue. On la trouve irrésistible, il paraît même qu'on pense à elle pour faire la pub télé… Mon avocat est en négociations, mais je suis superstitieuse, je ne peux rien dire pour l'instant.

En croisant les doigts :

— Tant que c'est pas signé !

En se redressant, fière comme Artaban :

— Je suis en train de devenir une femme d'affaires !

— Tou n'as pas peur por Castagnette ? C'est oun drôle de miliou !

— Il ne peut rien lui arriver, je l'accompagne partout. Je suis devenue son agent. Et s'il le faut, j'engagerai un garde du corps… Elle adore les séances photo et les limousines. Tu la verrais : on dirait qu'elle a fait ça toute sa vie ! On peut dire que j'ai eu de la chance de tomber sur elle. Quelque chose m'a toujours dit qu'elle était exceptionnelle. Qu'elle deviendrait une vedette !

À voix basse :

— Quand elle était toute petite, j'ai consulté un astrologue pour lui faire son thème, et un tarologue aussi. Et à son premier anniversaire, un célèbre chamane asiatique hyper connecté au monde des esprits, spécialisé dans la voyance animale. Quand il a vu Castagnette, il a été pris de transes, puis de lévitation. Il est bien resté scotché au plafond, sous mes yeux, une bonne demi-heure ! J'ai vu le moment où il fallait que j'appelle les pompiers pour le faire descendre. Tous ont vu la même chose : une réussite hors du commun !

— Et c'est por me donner des cauchemars que tou es venoue jusqu'ici ? Tou sais bien que j'ai peur des fantômes ! s'énerve Maman Pilar.

Dolorès, en faisant péter le bouchon de champagne :

— Non, c'était pour te proposer de t'offrir une journée shopping quand tu voudras, pour toi et Julio. Vous êtes ma seule famille. Et on est riches, maintenant !

Émue aux larmes, Maman Pilar lui tombe dans les bras.

Le rendez-vous est donc pris le lendemain samedi pour une journée de folie dans les grands magasins.

— C'est un problème si je laisse Castagnette chez toi pendant notre shopping ? demande Dolorès.

— Au contraire, elle youera avec Julio dans le yardin : il commence à s'ennuyer sans Yasmina, qui est encore à la mer…

Castagnette et son strabisme divergent sur tous les abribus, j'ai hâte de voir !...

Mais l'effet de surprise fait bientôt place à une immense inquiétude : connaissant ma Sent-la-Crotte, elle risque de perdre ses repères, prendre la pastèque si les chiens se mettent à la reconnaître dans la rue... Elle n'est pas très fute-fute, et tellement naïve ! Elle risque de prendre tout ça pour argent comptant. La pub, c'est un business d'humain, pas un métier pour un chien ! La célébrité du jour au lendemain, je crains le pire : ça monte à la tête. Si seulement je pouvais l'accompagner pour lui éviter les mauvaises rencontres.

Une bonne idée, ce tête-à-tête : ça me donnera l'occasion d'en savoir plus, et peut-être aussi de mettre en garde mon amie chienne.

19

Chassé-croisé

— Ma qui donne comme ça des grands coups dans la porte ? s'agace Maman Pilar en sortant de la douche. Oun moment… voilà, voilà, y'arrive !

L'amiral se précipite à l'intérieur de la loge, tremblant de colère :

— Moussaillons, tous sur le pont ! Des samouraïs armés jusqu'aux dents investissent nos étages ! Vite du renfort. Il faut appeler la police !

— Calmez-vous, M. Romero ! Yé vais voir ce que c'est ! lance Maman Pilar en lui versant un petit verre d'aguardiente.

Mais celui-ci détourne la tête et préfère lui emboîter le pas pour ne pas perdre une miette de ce qui se passe.

— Qué faites-vous ici ? demande Maman Pilar en croisant un groupe de jeunes envahisseurs chargés comme des mulets. Ah ! yé comprends ! Vous animez oun goûter d'enfants pour oun anniversaire ?... C'est très à la mode en ce moment ! Mais vous n'êtes pas à la bonne adresse ! C'est soûrement dans l'immeuble à côté. Là-bas, il y a pas mal de marmaille !

— Pas du tout ! répond l'un d'entre eux avec un fort accent asiatique.

Pendant qu'un autre dégaine une carte de visite :

— Manga Déménageurs, à votre service !

Le troisième enchaîne en se cassant en deux :

— Prix imbattables. Personnel aimable. Toujours à l'heure. N'hésitez pas : Manga Déménageurs !

— Mais qui déménage ? demande l'amiral.

— Personne. Miss Crumble, je crois, emménage au quatrième...

— Miss Crumble ? Mais elle habite là depuis toujours ! Je ne suis pas d'humeur à plaisanter, jeune homme...

— La yeune Scarlett va occouper le studio de miss Crumble ! essaye d'expliquer Maman Pilar. Et elle porte le même nom que la propriétaire.

— Mais je ne lui connaissais pas de famille ! s'étonne l'amiral...

À voix basse, suspicieux :

— Une fille cachée, qui sait ? Avec elle, il faut s'attendre à tout.

Et, fronçant le sourcil :

— J'espère au moins qu'elle n'a pas hérité le caractère de la miss, sinon on se prépare de beaux jours !...

Puis il s'adresse, pas très rassuré, au samouraï le plus frêle de tous :

— Mais pourquoi avez-vous tous ces sabres autour de la taille ?

— Ça, ce n'est qu'une partie de la merveilleuse collection de la locataire, qui est championne de Iaido ! Vous vous y intéressez peut-être ? Vous êtes vous-même un adepte ? N'hésitez pas à en parler avec elle, elle est intarissable sur le sujet...

Le quatrième jette un œil noir sur l'amiral en hurlant à ses oreilles :

— Chi-yi ! Het ! Kihap ! Kiaiaiaiai !

Alors que M. Romero bat en retraite, se prenant la tête entre les mains, débarquent sur ces entrefaites Dolorès... et Castagnette ! Le poil brillantissime, toilettée, peignée, parfumée, manucurée... Méconnaissable ! Je me dis qu'il est temps de lui trouver un autre surnom. Sent-la-Rose me vient aussitôt à l'esprit, plus approprié à sa nouvelle condition. Illico, on file à l'anglaise dans le jardin, mais, malgré son insistance, je n'ai pas le cœur à jouer :

— Raconte-moi plutôt ta nouvelle vie de star de la pub !

Sa réponse me surprend :

— Pour moi, rien n'a changé. Les tournages, les photos m'amusent, c'est un cadeau du ciel : je commençais à m'ennuyer dans ma petite vie bien réglée. Mais ne crois pas, si je fais tout ça, c'est pour Maman Dolorès. Ma façon de lui rendre tout ce qu'elle m'a donné. Grâce à moi, à l'argent que j'aurai gagné, elle pourra réaliser son plus grand rêve : devenir propriétaire d'une petite maison en Espagne, au bord de la mer. Et profiter de sa retraite à l'abri du besoin, elle qui a toujours peur du lendemain !

— Mais tu n'as pas la trouille de péter un câble ? Quand ils t'auront pressée comme un citron, ils te jetteront, tu en es consciente ? C'est un milieu sans pitié auquel tu n'as pas été préparée. L'argent, le luxe ne sont pas dans tes gènes. Tes parents étaient d'honnêtes chiens de province, leurs maîtres de simples concierges sans chichis. Fais bien attention, tu risques d'y laisser des poils, ton identité !

Castagnette me coupe :

— Ne t'inquiète pas pour moi. Je ne suis pas du style à faire un burn out, j'ai les pattes bien sur terre. Et ne crois pas, je m'économise : je donne le strict minimum. Mon secret, c'est de rester moi-même : on me prend comme je suis et l'agence adore, les photographes n'en parlons pas ! Quant aux réalisateurs, ils disent qu'ils n'ont jamais vu tant de naturel chez un animal. Et quand je fais la gueule, ils en redemandent. Grâce à moi, les loulous de Poméranie redeviennent à la mode ! Ce n'est que justice. C'est un peu plus difficile si je travaille en duo ou en équipe avec d'autres partenaires. Certaines races, faut se les faire… Beaucoup ont oublié d'où ils viennent et font des caprices. Les chameaux, de vrais cabots ! Sans parler des chiens à papa : trop gâtés. Il faut sans cesse refaire des prises. Mais c'est pas le bagne, crois-moi, et les repas à la catering – la cantine, si tu préfères – sont aux p'tits rognons : je me suis faite copine avec le chef !

Les propos de Castagnette m'ont rassuré : elle est beaucoup plus équilibrée que je ne pensais.

Quant à Dolorès, Maman Pilar est là pour lui remettre les idées en place si elle déraille. Pour ça, on peut lui faire confiance !

Mais voilà que déjà les deux amies reviennent les bras chargés de paquets qu'elles balancent sur le canapé :

— On a des cadeaux pour vous ! Des dômes au thon, au saumon, au poulet pour toi, Julio ! lance Maman Pilar.

— Et un nonoss géant en peau de buffle pour ma star ! enchaîne Dolorès.

Pendant que Sent-la-Rose s'en va grignoter en Suissesse sa surprise, je hume avec gourmandise mes futurs repas à travers les emballages.

Maman Pilar sort d'un sac une robe à volants cerise qu'elle enfile aussitôt, et d'une boîte une paire de tropéziennes assorties. Pendant que Dolorès dépose sur la table shampooings, crèmes antirides, masques et parfums en disant :

— Un pour moi, un pour toi ! Un pour toi, un pour moi !...

Maman Pilar n'en croit pas ses yeux :

— Qu'est-ce que tou me gâtes !

D'un gros sachet, je vois surgir un drôle de diable aux poils écarlates. Illico, je vais me planquer sous le fauteuil :

— N'aie pas peur, Julio ! C'est oune perrouque afro !

En l'ajustant sur sa tête :

— C'est pour le bal des pompiers du 14-Juillet ! Dolorès a la même !

Les deux amies se disent au revoir, sur la chorégraphie chantée des *Demoiselles de Rochefort*, en s'envoyant des baisers, et Castagnette suit sa maîtresse la queue haute en panache, sans se retourner. Elle vient d'intégrer la classe des nouveaux riches !

20

Chattemite

— Pilar, regardez ce que j'ai trouvé devant ma porte ce matin : une rose, jaune cette fois ! s'exclame toute tremblante ma Chatouche. Et ce n'est pas tout…

Elle montre un petit livre d'occasion, avec en titre : *Le Langage des roses*. Elle l'ouvre et, après avoir feuilleté quelques pages, demande à Maman Pilar :

— Lisez là, le deuxième paragraphe surligné…

Maman Pilar, à voix haute :

— La rosse jaune peut signifier amitiés ou pardon, selon les circonstances…

Le mot « pardon » est entouré au feutre rouge.

En faisant le signe de croix :

— C'est clair comme de l'eau de Lourdes ! L'agressor d'Olivier et le posor des rosses sont la même personne ! Il a pris votre frère youmeau pour votre amoreux, et regrette son yeste de yalousie. Il vous présente ses excouses. Yé ne vois pas d'autre explicacion…

— Ce type est un fou furieux. J'ai peur de rentrer le soir chez moi, confie l'hôtesse de l'air dans un soupir. Je sens une présence partout. Comme un danger. Comment vous dire ? Heureusement que je reprends mes vols dans quelques jours !

— Ne vous inquiétez pas, Solange. Yé vais bien finir par lui tomber dessous, la rassure Maman Pilar.

En levant les mains au ciel :

— Yé vais les lui faire avaler, moi, ses rosses et avec les épines !

La journée commence mal :

— Yasmina a attrapé des pouces à La Rochelle ! vient de m'annoncer Maman Pilar en rentrant, serpillière à la main. Tou ne pourras pas la voir pendant quelques yours, le temps dou traitement. Agnès préfère la garder chez elle. Elle a même scotché sa chatière pour pas qu'elle sorte. Manquerait plou que tou ramènes ces sales bestioles partout dans la maison !

Je profite de l'absence de Maman Pilar, partie faire quelques courses dans le quartier, pour grimper en quatrième vitesse au troisième étage. Et, me collant contre la porte d'entrée d'Agnès Soubise :

— Yasmina, tu m'entends ? Ça va ?

Mais ma minette m'a déjà senti de loin :

— Ne m'en parle pas, je me gratte partout !

Rien qu'à savoir qu'elle souffre, mes *Arrectors pilis* (petits muscles, pour qui l'ignorerait, que j'ai, comme tous mes congénères, à la base de chaque poil) me donnent la « chair de chat ». Eh non, ça n'est pas réservé qu'aux poules ! C'est pour cette raison qu'à la moindre agression nos poils – vingt mille par centimètre carré, et je n'exagère pas ! – se dressent en nous faisant tripler de volume.

Soudain, mon oreille droite se met à me démanger atrocement. Par précaution, je regarde autour de moi, à gauche, à droite, pas le moindre saut de puce à l'horizon. C'est sûrement psychosomatique, à moins que ça ne soit par pure solidarité envers Yasmina :

— Je reviendrai te voir ce soir !

J'attends avec impatience que l'immeuble soit endormi pour tenir ma promesse :

— Bonne nuit, ma princesse !

Yasmina, derrière la porte, m'a entendu :

— C'est la première fois que tu m'appelles « ma princesse ». J'adore ça ! ronronne-t-elle.

Elle ajoute, dans un long bâillement :

— Faites de beaux rêves, mon prince !

Je redescends les étages le cœur battant, mais, arrivé au premier, devant la porte de Solange, j'aperçois deux roses rouges entrelacées. Je ne sais pas ce qui me pousse à les faire valdinguer, d'un coup de patte, sur le paillasson de M. Romero… quand un bruit me fait prendre la poudre d'escampette. J'attends que le calme soit revenu pour retourner sur mes pattes remettre les reines des fleurs à leur place, mais elles ont disparu !

Je retourne dans mon couffin, intrigué : il se passe de drôles de choses dans cet immeuble.

Je viens de prendre, comme tous les matins depuis trois jours, des nouvelles de Yasmina, qui va beaucoup mieux et s'apprête à retrouver sa liberté, quand j'aperçois l'amiral, le cheveu brillantiné, sonner à la porte de sa voisine Solange Deville. Je m'installe dans un coin sombre, de façon à voir sans être vu :

— Oh ! M. Romero ! Que puis-je pour vous ? s'étonne en souriant l'hôtesse de l'air, en peignoir de bain, une serviette en turban sur la tête.

— Mais je vous dérange, je suis confus… Il est un peu tôt peut-être, bafouille l'amiral en fixant le bout de ses souliers.

— Non, pas le moins du monde, répond gentiment la jeune femme. Que puis-je pour vous ?

— Voilà… continue de bafouiller l'ancien militaire. Je suis tombé amoureux, et j'aimerais faire un cadeau à l'élue de mon cœur. Je sais que l'on trouve de très jolies perles fines en Chine, et je voudrais vous charger d'une mission. Pourriez-vous me ramener un collier de là-bas ?

— Mais un bijou est un cadeau très personnel ! Et je ne connais pas la personne qui le portera, ni son âge, ses goûts, son style, le grain de sa peau, que sais-je encore… C'est délicat. Vous me confiez là une lourde responsabilité.

— Elle vous ressemble, la coupe l'amiral. Faites exactement comme si c'était pour vous. Prenez ce qu'il y a de plus beau, de plus fin, de plus cher.

L'hôtesse de l'air reste sans voix.

— Je le sens bien, vous ne voulez pas me rendre ce service. Je peux comprendre, tranche l'amiral, au bord du malaise.

Solange, attendrie :

— Non, non, pas du tout… C'est un peu indiscret, mais pourriez-vous au moins me donner un ordre de prix ?

Il prend les deux mains de la jeune femme :

— Oh merci, merci !…

Il éclate en sanglots.

En sortant de la poche intérieure de sa veste un papier et un stylo, il griffonne un chiffre à plusieurs zéros :

— Quand on aime, on ne compte pas ! Voilà aussi ma carte bancaire. Il y a largement ce qu'il faut sur ce compte.

— Mais… c'est énorme ! balbutie Solange en découvrant la somme.

— Vous rentrez quand ? demande encore l'amiral.

— Dans une semaine, répond la jeune femme, totalement perdue de s'être un peu vite avancée.

— Alors, à dans une semaine… J'ai hâte de voir ce joyau ! conclut M. Romero en retournant chez lui.

— Bonjour, madame ! lance timidement l'assistant en pharmacie du quartier en descendant l'escalier.

— Ça va, Benoît ? demande Maman Pilar.

Elle s'empresse d'ajouter :

— Quelqu'oun de malade ? Yé le saurais, quand même !

— J'ai apporté un paquet pour M. Romero. Une commande urgente, je crois, m'a dit mon patron.

— Des médicaments ? s'inquiète encore la gardienne.

— Je ne saurais vous dire, je ne suis pas au courant. Bonne journée, répond discrètement le jeune homme en sortant prestement de l'immeuble.

Dans la loge, Maman Pilar se parle à elle-même :

— C'est vrai que yé n'ai pas beaucoup aperçou l'amiral dernièrement. Y'espère qu'il va bien.

N'y tenant plus, elle décide d'en avoir le cœur net :

— Viens, Julio, on va voir ce qui se passe.

Au bout de trois coups de sonnette, M. Romero ouvre enfin sa porte. Il est calotté, ganté, masqué, en blouse blanche et sabots médicaux, tel un chirurgien prêt à passer à l'action au bloc opératoire :

— Mme Pilar, un problème ?

— C'est ploutôt à vous, monsieur, qu'il faut demander ça ! Y'ai croisé Benoît qui m'a dit qu'il sortait de chez vous. Vous avez de la fièvre ? Rien de grave, y'espère ?

— Non, pas encore ! Mais dans la vie mieux vaut prévenir que guérir. J'ai fait le plein de masques, de gants et autres produits désinfectants. Je ne sais pas si vous vous rendez compte, mais ça va faire bientôt dix jours que les éboueurs sont en grève. Les ordures s'entassent sur nos trottoirs ! Avec la chaleur, cette puanteur monte jusque dans ma chambre et empeste tout l'appartement : mon canapé, mes coussins… Je l'ai dans mes narines. Et ce gouvernement qui s'en bat les oreilles. Microbes, bactéries et rats vecteurs de maladies nous guettent, Pilar ! Paris sent la pourriture. Pire qu'au Moyen-Âge ! Il faudrait songer à faire quelque chose.

— Mais qué voulez-vous que yé fasse, à mon petit niveau ? Vous pourriez peut-être faire youer vos relations au ministère ?

— Ils ont d'autres chats à fouetter en ce moment, vous ne croyez pas ? J'en ai quand même glissé un mot à un ami haut placé. Il ne m'a pas donné beaucoup d'espoir. Enfin, on verra bien…

En fronçant ses gros sourcils sur moi :

— Et évitez de laisser Julio traîner n'importe où, des fois qu'il nous ramène des saloperies sous ses pattes. Et ça peut être aussi dangereux pour lui !

Et, lui tendant un gros paquet :

— Voici des gants et des masques. Distribuez-les à tous les locataires, ce sera déjà une bonne chose. Et surtout soyez discrète sur la provenance, je compte sur vous. N'hésitez pas à vous servir au passage. Prenez aussi ce bidon de désinfectant surpuissant pour la rampe d'escalier, les poignées de porte, le sol… À diluer dans de l'eau, vous lirez bien le mode d'emploi. Il en va de notre survie à tous !

Je suis réveillé en sursaut par le coup de boule tonique de Yasmina, qui a retrouvé toute sa forme et veut absolument faire une partie de cache-cache avec moi dans le jardin. Un coup de sonnette retentit, suivi d'un pli glissé sous la porte qui atterrit dans nos pattes.

Malgré l'insistance de ma petite sœur de cœur, je préfère attendre le retour de Maman Pilar, partie acheter une baguette « tradition » chez Grosses Miches, la boulangère du coin (c'est comme ça qu'on l'appelle à cause de ses airbags !). Je tiens bon en ne cédant pas à ses avances.

Quelques minutes plus tard, baguette à la main, Maman Pilar se précipite sur le pli, qu'elle retourne dans tous les sens :

— Oune lettre récommandée ! Madre de Dios, que yé n'aime pas ça ! Même quand on n'a rien fait, on se coulpabilise !

En s'adressant à moi :

— La Mairie dou XVe ! Qu'est-ce qu'elle peut bien me vouloir ? Y'y vais avant que la poste ferme.

L'attente me paraît interminable, et ma Yasmina qui perd patience !

Mais la voilà qui revient, rassurée. Vite, je l'interroge du regard :

— Oun carton d'invitacion por deux personnes à oun cocktail ! En présence de monsieur le maire !

Elle lit à voix haute :

— « Les gardiennes dou quartier sont à l'honor. Vous, femmes de l'ombre débouées, trop souvent ignorées, qui donnez vie à nos immeubles avec vos accents dou soleil, il est temps de vous rendre hommache autour d'oun verre de l'amitié ! » Yé vais demander à Dolorès de m'accompagner. Elle qui adore le champagne ! Ça me donnera l'occacion de mettre la robe à volants cerise et les sandales assorties qu'elle m'a offertes ! Ça lui fera soûrement plaisir !

Je m'adresse à Yasmina :

— Maintenant, si tu veux, on peut se la faire, cette partie de cache-cache ?

Mais ma minette, une patte sur son œil, s'est endormie dans mon couffin. À mon tour d'attendre qu'elle se réveille !

21

Cha cha cha !

C'est le jour J pour le pince-fesses à la mairie du XVe. Dolorès est passée déposer Castagnette, qui joue dans le jardin avec Yasmina. Entre elles, les débuts n'ont pas été faciles ; mais, peu à peu, avec je dois dire pas mal d'efforts de ma part, elles ont fini par se connaître et s'apprécier !

Je regarde Maman Pilar avec les yeux de l'amour. Sa robe à volants lui va à merveille. Elle a raccourci ses cheveux et maquillé ses yeux. Quant à Dolorès… trop d'informations comme dirait Cristina Cordula ! Taillée en H, en Y ou en X, je ne sais trop, elle additionne les fashion faux pas : talons aiguilles, tailleur trop flashy… et ce chapeau en paille d'Italie piqué de rossignols multicolores, trop mémérisant ! Il faut dire qu'elle s'est pas mal enrobée depuis la dernière fashion week, à picorer de before en after canapés et petits-fours !

L'heure du départ a sonné. Les amies claquent la porte, dans un dernier éclat de rire, tout au bonheur de se rendre à cette invitation gratifiante, derrière elles un fort parfum de patchouli.

Je me mets illico en mode télépathie vision à distance pour ne rien perdre de la suite des évènements. Pour une fois que je peux être invité à un cocktail !

Et ça se bouscule au portillon de la mairie, dans des tenues de fête colorées toutes plus affriolantes les unes que les autres. Les clans se forment : d'un côté les Rosa, Anna, Adosinda et consœurs ; de l'autre, les Pilar, Dolorès, Asuncion and Co. On se salue, de près, de loin, on s'embrasse, on se raconte, on crie à la joie de se retrouver, et de se revoir – on le jure sur sa tête – plus souvent ! C'est à qui parlera le plus fort, et on ne s'entend plus. Quelques maris, Angel, Chico et Horacio confondus, se tiennent à l'écart, plus discrets, dans leur costume parfumé à la naphtaline. Un adjoint au maire pointe le bout de son nez, mettant fin par sa seule présence à cette joyeuse volière cacophonique. Et les convives rentrent dans un silence monacal, en rang d'oignons comme à la rentrée des classes.

Sur son estrade, devant un micro sur pied, le maire prend aussitôt la parole :

— Chers voisines et voisins… si je vous ai conviés ce soir à ce cocktail de l'amitié, c'est tout simplement pour vous remercier de vos fidèles et loyaux services. En effet, que serait, sans vous, notre arrondissement ?... Et afin de pimenter cette réunion, mes adjoints et moi-même avons décidé de désigner, à partir de cette année, la « super gardienne » du quartier. Cela n'a pas été simple, croyez-moi, de vous départager, vu la somme de qualités que vous possédez toutes. Aujourd'hui, donc, c'est l'Espagne qui est à l'honneur… mais demain, qui sait, peut-être la Pologne ou le Portugal ?

Dans l'assistance, des oh ! de déception se font entendre…

Il enchaîne :

— Et c'est au bout, vous imaginez bien, de nombre d'enquêtes sérieuses et minutieuses auprès des commerçants du quartier, des locataires et autres facteurs et livreurs, menées par nos indicateurs compétents, que nous avons décidé à l'unanimité d'élire… Penalver Pilar !

Des applaudissements fusent dans le camp hispanique.

Il continue :

— Un peu de silence encore, je vous prie, je ne serai plus très long… Je vous demande donc, madame, de venir me rejoindre, afin que je vous remette la médaille en vermeil de « super gardienne » avec un chèque de mille euros pour votre dévouement sans faille depuis toutes ces années.

Toute tremblante, et plus cerise que sa robe, Maman Pilar s'avance, soutenue par Dolorès.

Le maire lui passe autour du cou la précieuse récompense en lui remettant discrètement une enveloppe, puis dépose sur ses joues cramoisies deux baisers larsen :

— Et viva España !

Après avoir avalé un verre d'eau, il continue son discours :

— Et maintenant…

En reprenant sa respiration :

— Je déclare le buffet et le bal ouverts !

Un orchestre de trois musiciens en sombreros et une chanteuse en mantilles sortent d'une porte dérobée et entonnent la cucaracha.

Et en retenant Maman Pilar par la main, monsieur le maire l'entraîne dans une danse endiablée.

Je jette un dernier coup d'œil au buffet et à ses alléchants canapés aux crevettes. Mais à quoi sert d'avoir les yeux plus gros que le ventre devant une vitrine de traiteur, sinon à se rendre malheureux ? Pour qu'ils disparaissent de ma vue, vite je me réfugie en mode normal. Voilà qui est fait !

Passé minuit, je commence à gigoter dans tous les sens dans mon couffin, à la recherche de la position idéale pour m'endormir…

Bonjour, la nuit blanche ! Alors, autant tuer le temps comme je peux, aller faire un tour dans le jardin, par exemple, pour y relever mes messages au pied du cerisier. Mais l'été, beaucoup sont en vacances avec leur famille, dans leur résidence secondaire, au bord de la mer, à la montagne ou en pension à gauche, à droite. À propos, je n'ai plus aucune nouvelle de Cambronne. Pour lui, pas de villégiature. Il ne veut pas de collier, donc il doit en assumer les conséquences : sa liberté est à ce prix. Mais je ne m'inquiète pas plus que ça. S'il y avait un problème, je le saurais aussitôt par ses sbires. Maintenant qu'il sait Yasmina placée, il m'a gommé provisoirement de son décor, c'est tout. Et se rappellera à mon bon souvenir lorsqu'il aura besoin de moi, je lui fais confiance.

Ce soir, le ciel est couvert. Pas la moindre étoile pour éclairer ma nuit. Quant à la lune, elle a choisi de briller ailleurs. Et voilà que la pluie s'en mêle !

Il ne me reste plus qu'à aller traîner dans les étages… Mais qui peut bien prendre l'ascenseur à une heure pareille ? C'est mon idéal féminin humain, qui rentre de voyage avec sa valise ! J'en profite pour aller me frotter contre sa jambe avec, sur moi, toujours le même effet bœuf label rouge !

— Ah ! Shatoosh ! me dit-elle en me caressant la tête… Mais, au même moment, la porte d'en face s'ouvre. Je m'empresse de me tapir dans le coin le plus sombre.

— Mlle Solange, avez-vous pensé à me rapporter ce que je vous ai demandé ?

— Oh ! M. Romero ! Je vous ai réveillé, peut-être, avec ma valise à roulettes ?

— Non, non, pas du tout… bafouille l'amiral.

L'hôtesse de l'air, en sortant un paquet de son sac :

— Voilà ! Avec l'espoir qu'il plaira ! Je vous rends votre carte de crédit, la facture, et voici aussi le certificat d'authenticité du bijou.

Brusquement, la lumière s'éteint, plongeant tout l'immeuble dans le noir. M. Romero, après avoir appuyé sur le commutateur :

— Pour vous remercier, j'aimerais vous inviter à dîner. En tout bien tout honneur !

— Oh ! ce n'est vraiment pas la peine de vous déranger… Ça m'a fait plaisir de vous rendre ce petit service. Et puis le soir, je suis une piètre convive : je ne peux guère avaler plus qu'un yaourt ou une pomme. Tous ces décalages horaires ont fini par dérégler mon horloge biologique !

— Un verre alors, pour marquer le coup ! J'y tiens absolument. Un cocktail vite fait bien fait… J'insiste, votre refus me vexerait !

— D'accord… finit par accepter Solange, pour s'en débarrasser, dans un bâillement distingué. Mais laissez-moi d'abord récupérer mes heures de sommeil.

— On est mardi. Que diriez-vous de vendredi, sur le coup de 18 h 30 ? propose alors le voisin, qui s'accroche comme un roquet.

— Ça marche. À vendredi, alors ! lance ma jolie hôtesse de l'air avant de se barricader chez elle.

L'amiral reste quelques secondes sans voix, planté comme un piquet devant sa porte. Puis rentre chez lui tout émoustillé, laissant échapper un « Yesss ! » de victoire.

Je retourne dans le jardin, histoire de me rafraîchir les idées, quand je croise quatre yeux braqués sur moi. Cauchemar :

— Salut, Gros !

Et Vampire :

— Cambronne organise une petite teuf samedi, à 22 h précises chez lui, pour la Fête internationale des chats. Il t'attend. C'est important.

— À propos, comment va-t-il ? Sans nouvelles de personne, je commençais à m'inquiéter !

En chœur :

— Il pète la forme !

— Allez, on s'arrache ! presse l'un d'eux.

— À plus ! ajoute l'autre.

Et ils se fondent dans la nuit sans lune.

Qu'est-ce que Cambronne peut bien avoir à me dire ? Je sens encore le service à lui rendre qui me pend au museau. Je n'aime pas ça, pas ça du tout. Il va encore me donner des insomnies.

22

Chatoune

Le lendemain, en fin d'après-midi, Solange toque à la porte de la loge, un bouquet de roses rouges dans les mains :

— Mlle Solange, vous êtes de retour ?

— Oui, Pilar. Et regardez ce que je viens encore de trouver devant chez moi.

— Non ? Si ça, c'est pas de l'amor !...

— Du harcèlement, oui ! Un instant, j'ai pensé qu'il venait de mon voisin de palier. Mais il aurait quand même laissé un mot, une carte de visite, quelque chose…

— M. Romero ? s'étonne Maman Pilar.

— Je viens de lui rendre un petit service : il m'a demandé de lui ramener un joli collier de Chine, très cher, pour une femme dont il est, paraît-il, tombé amoureux.

— Amoreux ? s'exclame Maman Pilar. Ma yé ne l'ai jamais vou avec oun femme !

— À propos, pour me remercier d'un achat de ce prix, le vendeur chinois m'a offert une jolie perle rose. Je tiens à vous en faire cadeau. Le bouquet aussi d'ailleurs.

— Ma porquoi ne pas les garder por vous ?

— D'abord, parce que ça me fait très plaisir. Et puis je dois avouer que les perles, sur moi, ont tendance à perdre tout leur orient. Sur ma peau, il n'y a guère que le corail peau d'ange qui ne vire pas à la crise de foie !

— Venant de vous y'accepte ! Si vous étiez oun homme, y'aurais refousé, bien soûr !

— Je suis un peu embêtée, car, pour me renvoyer l'ascenseur, M. Romero a voulu m'inviter à dîner. Heureusement, j'ai réussi à négocier juste un verre vendredi soir. Mais ça n'a pas été facile. Quand il a une idée dans le crâne, celui-là ! Il n'a pas été amiral pour rien.

— Prenez oun coupe de champagne et laissez-le parler. Les hommes adorent qu'on les écoute. Dolorès m'a dit que les boulles montaient directement au cerveau et ça fait tourner la cabeza ! Comme ça, le temps passe plou vite.

— Une coupe, c'est une idée, mais pas deux. Merci du conseil. C'est pas tout, ça, mais je vous retarde dans votre travail, je me sauve. Au revoir !

Ce soir vendredi, jour du poisson dans l'immeuble, Yasmina reçoit ses grands-parents venus de La Rochelle rendre visite à leur fille, Agnès Soubise. Et ça tombe plutôt bien de ne pas l'avoir dans les pattes.

Tapi devant ma chatière pour être sûr de ne pas rater l'amiral et l'hôtesse de l'air, j'attends le moment précis où ils passeront le portail pour me mettre illico presto en mode télépathie vision à distance. À 19 h 15 précises, c'est chose faite.

Une limousine blanche « showbiz » les attend devant l'immeuble :

— C'est pour moi ? s'étonne Solange, gênée.

Lui, s'excusant presque :

— Je n'ai que mon permis bateau. J'aurais préféré une Rolls Silver Cloud, mais je n'en ai pas trouvé en location.

Le chauffeur ouvre la portière à Solange, pendant que l'amiral s'engouffre prestement de l'autre côté de la voiture de maître :

— Au Ritz, s'il vous plaît ! ordonne-t-il, autoritaire, sans même un sourire.

Paris s'est vidé en cette période estivale et, à peine dix minutes plus tard, les voilà rendus.

— Plutôt bar Hemingway ou jardin ? propose l'ancien militaire, gentiment.

— Jardin, répond Solange. Il fait trop beau pour s'enfermer.

Un serveur s'avance pour prendre la commande.

— J'aimerais une coupe, demande la jeune femme.

— Mais, ma chère, on ne prend pas du champagne ici. Laissez-moi faire.

Il murmure quelques mots à l'oreille du serveur médusé :

— Bien, monsieur !

Et à voix haute, il ajoute :

— Avec une triple vodka Chopin !

En s'adressant à la jeune femme :

— Savez-vous qu'ici a été créé le fameux cocktail Serendipity, par le non moins célèbre Colin Field. Cinq volumes de champagne, deux volumes de calvados, trois volumes de jus de pomme et des branches de menthe !

Et comme s'il en avait plein la bouche :

— *Serendipity*, que l'on peut traduire en français par « heureux hasard ». Quel joli nom, vous ne trouvez pas ? Et de circonstance… Mais vous le connaissez, peut-être ?

— Non, pas du tout, répond Solange, ailleurs.

Lui, l'œil coquin :

— On va trinquer alors ! En faisant un vœu. J'espère que ce sera le même.

— Je ne suis pas très mélange d'alcools. Ça me fait vite tourner la tête.

— Comme c'est charmant ! J'ai hâte de voir ça !

Le serveur arrive avec son plateau et dispose avec style boissons et amuse-gueules. L'amiral boit cul sec sa triple vodka, balançant à la russe son verre dans un massif de fleurs :

— Nasdrovia !

Après avoir repris sa respiration, il enchaîne, tout ragaillardi :

— Si je vous ai conviée ici, c'est pour vous déclarer ma flamme !

Et il sort, de la poche intérieure de sa veste, le paquet remis trois jours plus tôt par Solange.

— Mais… balbutie la jeune femme.

— Le collier que je vous ai demandé de me ramener de Chine est pour vous. J'espère que vous le porterez tous les jours !

— Et les roses à ma porte, c'était donc…

— Moi, oui… Le livre et les ordures aussi. Quand j'ai vu les deux roses rouges revenir sur mon paillasson, j'ai compris le message, expliqué page dix dans *Le Langage des roses*.

— Les deux roses sur le paillasson ? s'étonne l'hôtesse de l'air.

Et, levant les yeux au ciel :

— Je comprends tout !

L'amiral, en lui prenant la main :

— Je suis éperdument amoureux de vous. C'est la première fois que ça m'arrive !

Un vent de panique passe dans le regard de Solange, tétanisée.

Mais qu'est-ce qui m'a pris de balancer ces roses sur le paillasson de Romero ? Si j'avais su !

Un homme élégant, le charme en personne, s'avance alors vers eux…

Merci la vie, de m'offrir ce moment de grâce ! Un coup de foudre, une rencontre imprévue, fusionnelle, immédiate, magique, rarissime, celle qui peut changer le cours d'une existence en un dixième de seconde. Entre deux êtres, Solange et Andréa, la naissance du grand amour.

— M. Romero, vous ici ! Je ne vous savais pas amateur de palaces.

— Les apparences sont trompeuses, M. Beaume. Vous travaillez ici, je crois ?

— Plus maintenant. Mais j'y ai fait mes classes. C'est mon soir de repos et j'en profite pour venir voir les copains.

— Vous connaissez Solange Deville ?

— Non, je m'en serais souvenu… répond le jeune homme, troublé.

— Mais nous habitons le même immeuble …

Andréa, s'adressant à Solange :

— Non ! Est-ce possible que nous ne nous soyons jamais croisés ? Il est vrai que j'ai des horaires impossibles, mais quand même !

— Je ne suis pas souvent là non plus, précise-t-elle. Je suis hôtesse de l'air.

L'amiral se sentant exclu, perd pied, soudain dépassé. Sèchement :

— Je ne voudrais pas vous retarder, M. Beaume, vos amis vous attendent.

— Oh ! pour moi, la nuit est jeune… Permettez-moi de vous offrir le cocktail maison.

M. Romero, en colère :

— Il n'en est pas question ! J'ai des choses de la plus haute importance à dire à Mlle Deville. Vous devenez lourd.

— Ce n'est, j'espère, que partie remise ! ajoute Andréa, déçu, en baisant la main de Solange avant de prendre congé à regret.

M. Romero, l'œil qui fulmine :

— Quel goujat ! Les jeunes d'aujourd'hui manquent vraiment d'éducation.

L'hôtesse de l'air, les yeux encore pleins d'étoiles, s'adresse alors à l'amiral :

— Reprenons la conversation où nous l'avions laissée. Pepito, je n'ai pas le droit de vous donner de faux espoirs.

En posant le paquet sur la table :

— Mon cœur est pris. Il vaut mieux que nous en restions là. Mais rien ne nous empêche d'être amis. Je suis désolée, l'amour ne se commande pas. Vous me comprenez ?

M. Romero se lève brusquement et s'enfuit, au bord des larmes :

— Je ne suis plus votre Pepito !

J'essaye d'intervenir à distance en lui envoyant dans un ultime effort tout ce qui me reste d'énergie positive, pour que mon plan de bonne entente entre voisins de l'immeuble ne tombe pas à l'eau. Entre eux, ça avait l'air si bien parti ! La guerre serait-elle déclarée ?

Et soudain, le miracle se produit…

À mi-chemin, l'amiral stoppe net, marque un temps, se retourne et lance les yeux embués :

— Je vous donnerai ma réponse !

Dans un hoquet :

— Une amie de qualité comme vous, cela demande réflexion.

Puis, il reprend aussitôt la fuite.

Yess ! J'ai réussi, on dirait !

Solange, interloquée, attend un moment avant de quitter le jardin :

— Monsieur a réglé, lui dit le serveur.

En se dirigeant vers la sortie, elle est rattrapée par Andréa :

— On pourrait peut-être dîner ensemble ?

— Oui… murmure Solange en apesanteur.

Malgré les apparences, je ne suis pas voyeur. Je les laisse donc en tête-à-tête amoureux. Ils ont tellement de goûts communs à partager. Je me retrouve en mode normal dans mon couffin, quand déboule à fond la caisse Yasmina.

En m'entraînant dans le jardin, elle me glisse à l'oreille :

— Tu me manquais !

— À moi aussi…

En voyant, derrière le rideau de sa loge, passer telle une fusée M. Romero, maman Pilar ne peut s'empêcher de marmonner, en haussant les épaules :

— Solange lui a peut-être posé oun lièvre, le pauvre homme !

Mais tout juste une demi-heure plus tard, Scarlett toque nerveusement à la porte, en larmes, dans son armure :

— C'est la hesse ! Le sbeul dans ma life ! Je suis en bad ! JPP ! Ma came s'est taillée. Au secours ! SOS général !

— Yé ne comprends rien ! Essayez de me parler en français, s'il vous plaît ! s'agace Maman Pilar.

— Natsu a disparu ! Miskine ! C'est sûr, un accident de basket. J'en ai déjà perdu un comme ça : écrabouillé ! Un copain maladroit…

— Disparou depuis quand ? demande Maman Pilar.

— JSP ! Plusieurs jours, peut-être, je ne sais pas ! Je viens seulement de m'en apercevoir. C'est un solitaire. Il aime bien méditer dans son coin, j'ai l'habitude. Je le laisse vivre comme bon lui semble, en totale liberté, à son rythme. Il déteste être fliqué, comme moi ! Happy est beaucoup plus sociable, dépendant, collé à moi.

Et nous voilà partis à la recherche du gastéropode fugueur :

— Natsu, Natsu ! Reviens, ma came ! Happy et moi sommes trop seum !

Après avoir arpenté minutieusement le studio, les étages et le local à poubelles dans tous les sens, et sans succès, la voix tonitruante de l'amiral nous rappelle à l'ordre :

— Ça va pas bientôt finir ce raffut ?

— Wesh ! M. Romero, vous n'auriez pas vu Natsu, mon escargot ? demande Scarlett, toute tremblante.

— Je déteste les escargots ! Des baveurs ! Tous les animaux à carapace, d'ailleurs : trop de choses à cacher, pas francs du collier ! C'est ma phobie. Ah ! c'est donc vous qui en faites l'élevage ! Originale comme vous l'êtes, ça ne m'étonne pas… Suivez-moi !

En nous entraînant vers la terrasse :

— Regardez !

Plusieurs dizaines de minuscules gastéropodes se promènent allégrement, tentacules au vent, de plante en fleur.

— J'ai comme l'impression, M. Romero, qu'ils se plaisent chez vous !… lance Scarlett.

Et, apercevant Natsu sous la table en bambou :

— Mais tu es là, ma came. Alive ! Et c'est à toi, tous ces beaux bébés ? C'est la première fois que tu es papa, on va fêter ça.

En poussant un cri :

— Kiai ! Le bol de l'avoir retrouvé sain et sauf !

M. Romero, en colère :

— J'ai alerté l'Hygiène, qui m'a raccroché au nez. J'ai eu beau insister, ils ne se déplacent que pour les rats et les souris, et encore, je demande à voir ! Je m'en veux d'avoir soupçonné les éboueurs et leur grève à la gomme. Je pensais qu'ils étaient seuls responsables de cette invasion de gastéropodes, à cause des ordures entassées le long des rues pendant tant de jours ! Si vous pouviez m'en débarrasser… Leur simple vue me plonge dans une panique totale. Et si je frôle ne serait-ce qu'une de leurs cornes, mon corps se couvre instantanément de pustules. C'est les urgences assurées !

— Ne vous inquiétez pas. Je vais tous les récupérer, et faire sécuriser leur escargotière pour qu'ils ne puissent jamais plus s'enfuir de chez moi. Donnez-moi un torchon.

L'amiral, lui donnant aussitôt ce qu'elle demande :

— Oh ! merci ! J'ai envie de vous embrasser, vous me sauvez la vie ! Mais dites-moi, je ne savais pas que l'escargot faisait partie de la famille des « nacs », comme les hamsters et les lapins ?

— Mais ce sont les animaux de compagnie du futur, avec la tortue et le bernard-l'hermite ! Pour le moment, ils sont encore réservés à l'élite…

— Encore des carapaces, quelle époque ! s'indigne l'amiral.

Scarlett continue sur sa lancée :

— D'ailleurs, avec quelques inconditionnels, j'ai monté l'APG : l'Association protectrice des gastéropodes. Avec campagnes de sensibilisation, disciples du porte-à-porte, descentes musclées dans les restaurants qui les mettent au menu. Et appels aux dons, aux bénévoles, relayés par des spots radio et télé…

En s'adressant à Maman Pilar :

— À l'occasion, je déposerai à la loge des bulletins d'adhésion pour les gens intéressés. Et des fascicules détaillés des actions menées. N'hésitez pas à en parler autour de vous. Et merci pour eux !

23

Chat perché

Le samedi, comme convenu, je me présente au rendez-vous de Cambronne avec un bon quart d'heure d'avance, impatient et anxieux que je suis d'en savoir davantage. Heureusement, apparemment, je ne suis pas le seul concerné : Sam le Borgne est là, en compagnie de Clara la Tigresse. Il y a aussi Léon sans Queue, Maurice la Sinistrose, Julo l'Analphabète… et quelques autres que je connais de vue. Et bien sûr Vampire et Cauchemar, les fidèles gardes du corps du boss.

Cambronne se tient sur sa branche réservée, pour mieux dominer son petit monde. À 22 h précises, il prend la parole :

— Si je vous ai fait venir ici ce soir, c'est que j'ai quelque chose d'important à vous dire. J'approche de ma quinzième année et je ne suis plus aussi vaillant qu'il y a encore un an ou deux. Aussi ai-je pris la sage décision de penser enfin à moi en prenant ma retraite. À partir de demain, quand vous me croiserez, ne vous offusquez surtout pas : j'aurai un collier.

On entend un long grognement de protestation dans l'assistance.

— Oh ! je sais ce que vous pensez : c'est à l'encontre des idées que j'ai défendues toute ma vie. Mais c'est juste une question d'habitude… Je viens de dire oui à une sans-poil – vous avez bien entendu, à une humaine… – pianiste au Conservatoire de Paris, qui me fait les yeux doux depuis toujours. Hier, j'ai cédé, je lui ai donné l'accord pour mon adoption ! J'aurai le gîte, le couvert, ma mutuelle, mes vacances assurées trois fois par an dans mon mas du Luberon… Mon choix est irrévocable.

Il continue son discours comme si de rien n'était :

— J'ai bien mérité de me faire mamouner un peu… Et puis on ne sait jamais ce qui peut arriver, je ne suis pas à l'abri d'une maladie, d'un accident. J'ai un peu trop tiré sur la corde, et les vétérinaires sont chers ! Je ne veux pas finir comme une cloche, malade, dans un coin, ramassé par la fourrière !

Maurice la Sinistrose intervient :

— Et nous, alors, tu as pensé à nous ? On ne te verra plus…

— Mais bien sûr que si, dans mon jardin privé ! C'est à deux pas d'ici, dans un hôtel particulier, je vais vous filer l'adresse. Et vous pourrez toujours compter sur moi pour un conseil, un coup de patte, une gamelle… Je vais enfin pouvoir me consacrer aux études. J'ai une telle soif de savoir, si vous saviez ! J'ai beaucoup de lacunes à combler. Apprendre la « langue des oiseaux », par exemple, c'est passionnant !

Nouveau grognement appuyé dans l'assistance…

— Mais qui assurera notre protection à partir d'aujourd'hui ? Dès que la bande d'Issy-les-Moulineaux aura vent de ta retraite, elle ne fera qu'une bouchée de nous tous ! Ton nom seul suffisait à les tenir à distance.

— Pas de bile à vous faire : Vampire et Cauchemar, mes fidèles lieutenants, vont prendre la relève. Ils ont été bien formés ! Et puis, en cas de besoin, on pourra toujours compter sur les durs du XIVe et du XVIe de la villa Montmorency. Ils me vouent une admiration sans bornes et m'ont prêté allégeance. Certains ont même fondé des familles avec nos minettes, réputées bien plus sexy que les leurs. On est presque tous frangins… Et puis, j'aurai toujours un œil sur vous depuis ma cage dorée !

En s'étirant longuement :

— Sur ce, bonsoir à tous ! Je regagne ma couette, je ne voudrais pas qu'on s'inquiète chez moi. À partir d'aujourd'hui, j'ai des comptes à rendre. Je le répète : juste une question d'habitude…

L'œil triste et la queue basse, chacun repart vers sa vie, anéanti par cette bien triste nouvelle. Seul Julo l'Analphabète répète inlassablement dans son jargon :

— La langue des oiseaux ? La langue des oiseaux ?...

Jusqu'à ce que sa voix se taise dans la nuit.

La visite-surprise de Dolorès, accompagnée d'un jeune dégingandé très sympa, me fait oublier un instant l'hallucinante décision d'adoption de Cambronne.

— Pilar, je te présente Peter de l'agence Dog-Cat, le photographe de Castagnette. On voudrait te demander un petit service…

L'homme s'explique, l'air ennuyé :

— Nous devions faire dimanche prochain un shooting pour une nouvelle gamme de croquettes bio pour chiennes stérilisées… et le particulier vient d'annuler la séance photo dans son jardin, pour des raisons personnelles. Est-ce qu'on pourrait faire ça chez vous ? C'est très bien payé, et un dessous de table est prévu pour l'intermédiaire.

Maman Pilar semble soudain préoccupée :

— Ma c'est pas chez moi ici ! Y'ai besoin de l'autorisation de miss Crumble, la propriétaire ! Yé ne peux rien faire sans son accord.

— On peut quand même jeter un œil ? demande le chasseur d'images, intéressé.

— Oui, bien soûr... répond Maman Pilar en lui indiquant le chemin.

Après avoir arpenté de long en large le jardin :

— C'est parfait... et ce cerisier est une pure merveille ! On en a pourtant vu, des jardins dans Paris... mais celui-ci dépasse de loin tous les autres. Un vrai jardin de curé.

— De gardienne à l'anglaise ! rectifie Maman Pilar.

Il tend une carte de visite :

— Si vous pouviez me donner une réponse le plus rapidement possible ?

Et depuis, je le vois bien, Maman Pilar se creuse les méninges : comment obtenir le feu vert de miss Crumble ? Avec elle, tout dépend de la manière de présenter la chose, et encore faut-il tomber au bon moment, dans une passe de bonne humeur. Si elle refuse, la connaissant, il sera inutile de revenir dessus. Il faut donc la jouer fine pour ne pas rater le coche.

Plusieurs fois, je la vois se diriger d'un pas décidé vers la porte de la loge, prête à se jeter dans la gueule du loup. Mais inlassablement, elle revient en arrière, hésitante, pour finalement renoncer en se laissant tomber sur le canapé, totalement découragée.

Quand quelqu'un toque à la porte :

— Wesh ! lance avec un sourire Scarlett en déposant une pile de prospectus. Les adhésions, j'ai pas oublié !

Le regard de Maman Pilar s'illumine tout à coup :

— Comptez sour moi ! Yé vais en donner à toutes les gardiennes dou quartier, et j'en connais oun paquet ! À Dolorès aussi, qui travaille dans le VIIe arrondissement, chez les riches. Elle voit dou monde.

— Cimer. Je vous revaudrai ça !

Maman Pilar saute alors sur l'occasion :

— Youstement, vous pourriez me rendre oun service ? Y'ai besoin de l'accord de miss Crumble, pour un shooting animalier dans le jardin, le week-end prochain. Elle vous adore et ne sait rien vous refouser !

— C'est comme si c'était fait ! On pourrait mettre Happy en arrière-plan, ça boosterait mon association ? Il adore les photos.

— Peter le photographe est sympa, yé suis soûr qu'il voudra !

Deux minutes plus tard, Scarlett est de retour :

— Finger in the nose !

— Ça veut dire quoi ? demande Maman Pilar.

— Que c'est OK pour le shooting.

Dans une grimace :

— Par contre, je dois prendre le thé avec elle demain à 15 h. Depuis le temps qu'elle essaye de me coincer, cette fois, je me suis fait piéger comme une rate ! Mais ça vaut bien ça, non ?

Aussitôt après le départ de Scarlett, Maman Pilar appelle Peter pour lui annoncer la bonne nouvelle.

Elle n'a pas sitôt raccroché que miss Crumble débarque, excitée comme une puce :

— Pilar, le week-end prochain, je vous annonce qu'il y a séance photo publicitaire dans notre jardin. Je vous demande d'être là, bien sûr, et de donner un coup de main s'il le faut ! Prévoyez aussi quelques boissons fraîches et des encas salés, sucrés !

— Né vous inquiétez pas, yé vais vous faire ça à la bonne blanquette !

— Franquette, Pilar, franquette ! s'agace la colorature.

Et elle dépose un billet de cent euros sur la table.

24

Charlatan

Le lendemain, à l'heure dite, je me mets en position télépathie vision à distance, pour ne rien rater de ce « tea for two » au sommet. Et à 15 h sonnantes à la Westminster de miss Crumble, Scarlett, dans une armure jaune soleil, sonne à sa porte :

— Bonjour !

— Wesh ! répond la colorature… Je me suis mise au djeuns. J'ai un prof trop soin !

— Comment s'appelle-t-il ? demande Scarlett. C'est un tout petit milieu, je les connais tous.

— Ginkgo !

La jeune fille la coupe :

— Ginkgo Biloba ? C'est un escroc ! Un peu pick-pocket sur les bords, à fuir de toute urgence !

La proprio, en servant le thé :

— Vous pourriez peut-être me donner des cours ?

Scarlett enchaîne :

— J'ai décidé, depuis hier, d'arrêter de parler djeuns avec les personnes d'une autre génération que la mienne. C'est un langage codé entre nous. Si tout le monde se met à le parler, je ne vois plus l'intérêt. C'est ma colocataire et meilleure amie, Lucie, qui m'a mis la puce à l'oreille. On est en train de cogiter sur un autre concept.

— Colocataire ? sursaute miss Crumble. Vous auriez pu me mettre au courant !

— Elle a posé sa valise hier, avec Ninja ! Si ça pose un problème, je peux déménager demain.

— Mais non, voyons, c'est sympa d'avoir une colocataire ! Et qui est Ninja ?

— Sa tortue. Il faut voir comme elle veille sur mes gastéropodes : une vraie mère poule !

— Votre amie fait des études, comme vous ?

— Lucie n'a pas eu la chance d'avoir un père comme le mien, alors, elle enchaîne les petits boulots. Elle est très mystérieuse à ce sujet. Je n'ai jamais pu savoir exactement comment elle arrivait à avoir tant argent dans son sac ! Elle ne parle jamais de ses problèmes, et c'est tout à son honneur, je respecte sa fierté. Elle ne veut surtout pas profiter de moi et gagne très bien sa vie. Comment ? Après tout, je m'en tape. Elle me donne un sacré coup de main pour l'association, et participe au loyer, aux courses… elle est très généreuse. Elle voudrait devenir écrivaine !

— Parlez-moi de vos parents, demande alors miss Crumble.

— De mon père… c'est lui qui m'a élevée. Maman est partie…

Elle lève les yeux au ciel.

— … l'année de mes trois ans, dans un accident d'hélicoptère. Elle pilotait. J'en ai un souvenir très vague.

— Oh ! ma pauvre petite !

Les yeux de la colorature se remplissent de larmes :

— Moi, à sept ans, j'ai connu un petit garçon qui s'appelait Crumble, en Bretagne, à Saint-Malo. Il lisait sur la plage à voix haute *Le Chat botté*. Je me suis assise en face de lui jusqu'à ce qu'il ait fini son livre. Je voulais voir la couleur de ses yeux. Quand il a posé sur moi son regard bleu outremer, avec l'intensité sans nuages, infinie de l'enfance, comme s'il me retrouvait enfin après des siècles d'errance, il a murmuré naturellement : « Je veux me marier avec toi. » « Moi aussi ! » lui ai-je répondu à l'oreille. Je passais là les quinze premiers jours d'août avec maman, à l'hôtel Chateaubriand. Chaque nuit, dans nos chambres respectives, le nez collé à la vitre, on scrutait le ciel pour apercevoir une étoile filante. Dans l'espoir de faire le vœu de se marier quand on serait grands. On aurait une fille qu'on appellerait Scarlett, du nom de ma grand-mère maternelle que j'aimais plus que tout. On s'adorait. Crumble n'est pas mon vrai nom. Et quand j'ai dû choisir un pseudonyme pour ma carrière de cantatrice, c'est celui que j'ai pris, en souvenir de lui.

— Mais pourquoi vous êtes-vous perdus de vue ? questionne Scarlett.

— À la fin des vacances, quand il a fallu rentrer en Angleterre, on était si tristes, lui et moi, que nous avons décidé de nous enfuir ensemble en Amérique. On s'est cachés dans la cale d'un cargo qui levait l'ancre pour New York. Mais un matelot nous a trouvés et rendus à nos familles.

— Comme c'est romantique ! s'émeut la jeune fille.

— À partir de ce jour-là, maman a décidé que nous n'irions plus jamais en vacances à Saint-Malo. Les étés suivants, nous sommes partis en Suisse, à Caux-sur-Montreux, malgré mes suppliques. Je ne l'ai jamais oublié. Il est toujours là dans mon cœur.

— Pourquoi ne pas avoir essayé de le retrouver, plus tard ?

— J'ai appris qu'il s'était marié. Qu'il avait une fille. Je ne voulais rien déranger. Alors, je me suis jetée à cœur perdu dans des mariages tous plus flamboyants les uns que les autres. Je n'ai pas voulu d'enfants. Que des chiens !

Scarlett essuie son visage en larmes avec un kleenex.

— Quel est le prénom de votre père ? demande alors la colorature, émue, d'une voix chevrotante.

— Loïc, Loïc Crumble !

La proprio éclate en gros sanglots :

— Mais vous auriez pu être ma fille !

— À l'école, j'étais la seule sans maman. Et je m'étais toujours juré d'en trouver une pour papa et moi sur mon chemin.

En prenant la main de miss Crumble :

— Ça a pris du temps, mais je crois que je viens de la trouver… Papa ne m'a jamais parlé de cette histoire. Mais il est si secret. Peut-être aussi que vis-à-vis de maman il n'a pas osé, pour ne pas me faire de peine. Il vient fêter son anniversaire avec moi, le 12 août. Il sera sûrement ému et heureux de vous retrouver. Vous en aurez des choses à vous dire ! Et qui sait ?

— Mais je suis vieille aujourd'hui ! Il m'a connue enfant, jeune et belle, avec la vie devant moi. Je n'ai plus rien à lui offrir. Je ne veux pas qu'il me voie ainsi.

— Vous êtes flamboyante ! murmure Scarlett en déposant un tendre baiser sur sa joue baignée de larmes.

Elles vont finir par me faire chialer, moi aussi ! Basta pour aujourd'hui : j'ai mon plein d'émotions. Vite, je me remets en mode normal, avec plaisir !

25

Chapitre

Le matin suivant, en faisant mon tour dans les étages, miss Crumble et moi avons fait la connaissance de Lucie : look de petite fille sage bien proprette, qui tranche étonnamment avec celui de Scarlett.

Alors qu'elle quittait le studio, une grande enveloppe dans les mains, de son côté la proprio refermait sa porte pour aller faire son marché.

— Bonjour. Je suis la colocataire de Scarlett.

— Bonjour, mademoiselle. C'est vous qui vous destinez à l'écriture, je crois ?

— Justement, j'ai décroché un rendez-vous avec un éditeur de mangas pour lui proposer mon premier manuscrit.

— À en juger par votre tenue, j'aurais juré que vous écriviez plutôt des poèmes.

— L'armure ne fait pas le chevalier ! Mais je cache bien mon jeu. Moi, je suis une pure, dans mon sang et dans ma tête.

En jetant un rapide coup d'œil sur sa montre, gentiment :

— Il faut que je me dépêche pour ne pas être en retard !

Dans un demi-sourire :

— Mais une prochaine fois, je serai ravie de vous présenter Ninja, ma tortue des Galápagos, avant qu'elle n'hiberne dans le frigo !

La colorature reste clouée sur place en regardant Lucie dévaler l'escalier :

— Mais ça mesure plus d'un mètre, et ça pèse jusqu'à quatre cents kilos, ces bestioles-là ! Mon studio n'est pas un zoo !

Elle sonne fébrilement chez Scarlett, qui vient ouvrir :

— Je pensais que c'était Lucie qui avait oublié quelque chose !

La proprio, quelque peu inquiète :

— Je voudrais voir Ninja !

— Suivez-moi, elle est en train de prendre son bain de soleil sur la terrasse avec Natsu et Happy !

Miss Crumble, tombant des nues :

— Mais elle est minuscule !

— Vous êtes déçue ? Vous vous attendiez à quoi ?

— À un animal plus enrobé. Votre colocataire m'a dit que c'était une tortue des Galápagos.

Elle éclate de rire :

— C'est tout son humour, ça ! Elle plaisante tout le temps, il va falloir vous y faire. Elle peut même être un peu provoc, attention ! Mais c'est une chouette fille. Qu'est-ce qu'on peut s'amuser avec elle !

En quittant Yasmina, qui dort encore profondément dans son couffin, je croise au premier étage, l'œil rivé sur son smartphone, l'amiral qui sonne chez Solange Deville :

— Oh ! M. Romero ! s'étonne la jeune femme en ouvrant la porte.

Celui-ci, toujours scotché à son portable :

— J'ai bien réfléchi !

En la bousculant presque, il se rue dans l'entrée, se dirige vers la cuisine, s'accroupit derrière le réfrigérateur américain et, dans un cri de victoire :

— Je l'ai eu, je l'ai eu, je l'ai eu ! Yess !

— Qui ? s'inquiète l'hôtesse de l'air.

— Mais Picachu ! Ma chère, je suis devenu addict de Pokémon Go ! C'est pire que la cigarette. Un conseil : ne commencez jamais ! Ou alors, je vous donne mon remède, que je tiens d'un ami psy : pour se guérir d'une addiction, quelle qu'elle soit, il faut vite la remplacer par une autre… et ainsi de suite. En attendant, ça m'a guéri de vous. Je suis prêt à devenir votre ami. Vous pourrez toujours compter sur moi en toute circonstance. À défaut d'être votre Pepito, je serai votre Zorro… Caramba !

Peter est arrivé le premier avec tout son attirail d'appareils sophistiqués, suivi de son assistant et d'une coiffeuse animalière. Une demi-heure plus tard débarque Dolorès, tirée à quatre épingles, avec Castagnette, toilettée du jour. Maman Pilar a installé une table à l'ombre du cerisier, avec rafraîchissements et sandwichs maison.

— Yé retourne travailler ! lance-t-elle. Si vous avez besoin de quoi que ce soit, yé suis là !

— Justement, je voudrais vous demander, si cela ne vous dérange pas… Un ami, réalisateur de spots publicitaires, voudrait passer voir Castagnette. Il cherche son rôle principal, une loulou de Poméranie, pour son premier long métrage qui sera produit par une grosse firme américaine.

— Pas de problème ! dit Maman Pilar en s'éclipsant.

Le shooting peut commencer.

Zoom, petit zoom, plans larges, rapprochés, serrés s'enchaînent à un rythme effréné. Pendant que les compliments fusent :

— Parfait ! Génial ! Quel naturel !

En arrière-plan, Happy, cabot comme pas deux, essaie d'attirer l'attention. Quant à Natsu, on l'aperçoit à peine dans les feuillages, fidèle à sa devise : pour vivre heureux, vivons caché… C'est Scarlett qui va être contente !

Moi, tapi dans un coin, je n'en perds pas une. Et je dois reconnaître en toute objectivité que Sent-la-Rose a un sacré talent ! Tout le staff est aux petits soins pour elle. Entre deux photos, la coiffeuse lui repeigne une touffe de poils rebelle, pendant que l'assistant lui apporte un bol d'eau de source fraîche…

Pendant la coupure, un drôle de personnage à lunettes, en bermuda toile de matelas et tongs, fait son entrée :

— Salut, Charly ! lance Peter.

— Hi everybody !

Et les clic-clac repartent de plus belle…

Jusqu'au final :

— C'est dans la boîte ! Merci à tout le monde, un hip hip hip ! pour Mme Pilar et son accueil !

L'assistance, en chœur :

— Hip hip hip hourra !

Après l'effort, le réconfort : on s'approche pour se restaurer, boire un coup tout en discutant.

— Castagnette est extraordinaire ! complimente Charly à Dolorès. Je la veux dans mon film. Les Ricains vont en être fous. Si seulement je pouvais trouver son double en chat, mon casting serait bouclé.

Dans un profond soupir :

— Mais trouver le félin idéal, c'est une autre affaire… Les directeurs de casting n'arrêtent pas de me proposer des tire-la-gueule, des yeux globuleux, des sourcilleux, des froussards… sosies de Grumpy Cat, Herman, Sam ou autre Lil Bub ! J'ai rien à faire des pâles copies à quatre pattes des réseaux sociaux ! Moi, je veux un chat inconnu, normal, sain, intelligent, qui soit lui-même. Un chat acteur, certes, mais pas un chat savant ! Un chat naturel, spontané, sans automatismes ni tics appris et répétés sous la main d'un dresseur, à grands coups de friandises…

Mais c'est tout moi, ça !

Sans plus attendre, je bondis et fais mon numéro de charme devant les yeux ahuris de Castagnette.

— Mais d'où il sort, celui-là ?

— Oh ! excousez-le ! lance Maman Pilar. Julio, viens vite ici !

J'obéis à contrecœur. Je me verrais bien, moi aussi, dans la peau tigrée d'une star hollywoodienne ! Et ça mettrait des gambas dans la paella, ce qui changerait un peu des langoustines !

— Non, laissez-le faire ! intervient le réalisateur.

Aussitôt, je reviens sur mes pattes et rentre illico en mode télépathie directe avec Steven. Je lui sors le grand jeu en exécutant la moindre de ses pensées.

— Mme Pilar, Julio est exceptionnel ! Sous des allures de chat on ne peut plus lambda, il cache une télépathie hors du commun. Il a une antenne parabolique qui capte mes pensées en apportant ce plus inné de l'acteur de génie. Je l'engage sans bout d'essai. Et votre prix sera le nôtre. Idem pour Castagnette.

En levant son verre de jus d'orange vers le ciel :

— Thanks God ! Je tiens mon Humphrey Bogart et ma Lauren Bacall, version quatre pattes !

Il ne reste plus qu'à attendre le premier clap. Car avec le cinéma, on ne sait jamais… Et si ça se fait, je le vivrai sans me prendre la tête, comme une expérience enrichissante qui me permettra d'approcher de près le milieu artistique.

Après quelques fricassées de museaux amicaux, chacun repart nonchalamment vers sa vie. Dolorès tire un peu la gueule. Je sens bien ce qui la chiffonne, elle n'a pas aimé que je vole la vedette à Castagnette. Mais elle ne peut s'en prendre qu'à elle-même : c'était bien son idée, après tout, de faire ce shooting dans notre jardin !

Le lendemain à l'aube, miss Crumble toque à la porte :

— Mme Pilar ! J'ai fixé notre « fête de l'été » au 12 août cette année…

En tendant une grande enveloppe :

— Voici les cartons d'invitation. Chaque locataire peut venir accompagné. J'en ai mis quelques-uns en plus, si vous voulez convier des amis à vous. Il y aura aussi mon amie Margareth, si seule depuis que son mari s'est éteint, et M. Crumble, le père de Scarlett, qui fêtera son anniversaire ce jour-là. Je m'occupe du gâteau. Comme d'habitude, je compte sur vous pour tout le reste. N'oubliez pas de me rapporter toutes les notes des commerçants. Et prévoyez plus copieux que d'habitude.

Elle enchaîne, soudain pressée :

— À propos, cette prise de photos, hier, s'est très bien passée. Bravo !

— Vous avez ou des échos ? demande Maman Pilar, intéressée.

— Pas du tout. J'ai tout suivi de ma terrasse à la jumelle. On n'est jamais si mieux servi que par soi-même, ma chère !

En tendant un billet de cent euros :

— Vous les avez bien mérités !

26

Châtaigne

M. Romero a eu un accident. Mais personne n'arrive à savoir de quoi… Il reste très évasif sur le sujet et change aussitôt de conversation quand quelqu'un lui pose la question qui vient naturellement aux lèvres :

— Mais que vous est-il arrivé ?

Les commentaires vont bon train entre les locataires. Chacun fait le sien. Il en est ainsi dans les petits immeubles de quartier comme le nôtre : on peut croiser quelqu'un de triste, d'accablé, les traits tirés, le teint barbouillé sans même y prêter attention. Par contre, un sparadrap sur une joue pique aussitôt la curiosité.

Et les langues jasent :

— Je parie que c'est un accident domestique, en glissant dans sa salle de bain. D'où l'intérêt de mettre des antidérapants partout. On en trouve des discrets chez Leroy Merlin... suggère l'un.

— Accident de planche à roulettes, de rollers ou de vélo peut-être, un vrai fléau ! pense plutôt l'autre. Il faut apprendre à vivre avec son âge…

— Pas de dancher avec lui, il ne se déplace qu'à pied, rappelle Maman Pilar.

— Mais beaucoup, non… et de plus en plus, malheureusement ! fait remarquer Annie Rieth. Jeunes comme vieux sont de véritables dangers publics, à slalomer avenues et trottoirs sur leur patinette. Tout ça sous prétexte d'écologie… De vrais kamikazes urbains : écouteurs à fond sur les oreilles, ils foncent sur vous dans votre dos, vous rasent avec sadisme, et, pour peu que votre pied dévie un peu à droite ou à gauche, patatras… en plein dans le mille ! Ils font valdinguer les pauvres promeneurs pacifiques que nous sommes. Et encore, c'est tout juste s'ils ne vous insultent pas, en mettant la première de montagne pour fuir comme des voleurs. Merci, j'ai déjà donné : sept heures aux urgences, mes côtes fêlées s'en souviennent encore. Je suis moi-même adepte du roller, mais pas n'importe où : il y a des pistes cyclables pour ça.

— Je sens une femme là-dessous ! n'en démord pas miss Crumble. Et je m'y connais…

À quoi répond encore Maman Pilar :

— Mais on le saurait s'il avait oun liaison ?

La colorature, en grande experte en la matière :

— Ne soyez pas naïve. Ah ! les hommes… si vous saviez !

Je ne voudrais pas vous contredire, miss Crumble, mais s'il y en a une qui est bien placée pour le savoir, c'est Maman Pilar.

L'amiral, on dirait un fakir avec son gros turban autour de la tête. En chat de bonne gardienne, je m'efforce de guetter ses allées et venues pour essayer de percer le mystère.

Après une bonne heure de planque, comme toujours ma patience va payer. Sortant de chez lui, il croise justement ma Chatouche, sa voisine, qui rentre de course avec son caddy à six roues, plein de yaourts et de pommes, des fois que l'ascenseur serait entretemps tombé en panne :

— Vous vous êtes blessé ? demande l'hôtesse de l'air, impressionnée par le volume du pansement.

— Oh ! Solange, à vous mon amie, je peux bien l'avouer…

En balayant son œil à cent quatre-vingts degrés :

— Mais surtout silence et boule de gomme aux autres ! Vous me comprenez ?

— Vous avez ma parole, promet la jeune femme.

— Accident de Pokémon Go ! Je me suis fait avoir par le monstre ! Il n'a pas trouvé de meilleure cachette que derrière la tête d'un agent de la circulation, qui avait le crâne dur comme du bois ! M'a joué au ludion, de gauche à droite, de droite à gauche et de haut en bas. Fatalement, à un certain moment, on s'est emmêlé les cafetières, et nos fronts se sont heurtés violemment. Six points de suture de part et d'autre ! L'arcade sourcilière éclatée... Le choc m'a fait perdre connaissance. Je me suis mis à délirer, évoquant, sans même m'en rendre compte ma future addiction pour me guérir de vous ! Tous les cocktails à base de gin y sont passés : Pink Lady, Aphrodisiaque, Sex Appeal, Paradise... Et comme si ça ne suffisait pas, ceux à base de champagne : French Love, Passion royale, Nuit de noces, Kamasutra... Et puisque j'y étais, ceux à base de vodka se sont ajoutés à la liste : Kiss Cool, Nuit de folie, Sex on the Beach, After Sex ! Je ne pouvais décemment pas faire l'impasse sur le calvados : Passion du large, Affinity, Maudite... Plus une création, très corsée, de ma composition : Donne-moi d'quoi qu't'as ! T'auras d'quoi qu'j'ai !...

« Tout ça pour se guérir d'une femme ? » m'a demandé le flic, impressionné.

Et j'ai ajouté un petit dernier, pour la route : Cervelle de singe... Là, les choses se sont gâtées : il a cru que je me foutais de sa gueule. La goutte a fait déborder le verre et, après l'hôpital, il m'a fait boucler pour la nuit en cellule de dégrisement... Quand on a vu que je n'avais pas un milligramme d'alcool dans le sang, on m'a libéré en me considérant comme une victime de l'amour.

— Et tout ça, c'est à cause de moi ? Je suis vraiment désolée… s'excuse Solange, rouge de confusion.

— Pour vous faire pardonner, ajoute l'amiral, s'il vous plaît, faites-moi plaisir : portez le collier de perles que je vous ai offert.

— Même si j'acceptais, je ne le pourrais pas : les perles sur ma peau perdent leur orient et meurent les unes après les autres. Je reste persuadée que vous trouverez la femme idéale à qui l'offrir, croyez-moi.

27

Charming !

En redescendant, dans le hall d'entrée, je surprends une drôle de conversation entre Lucie, la colocataire de Scarlett, et miss Crumble :

— Parlez-moi de ces petits boulots que vous faites ? Je pourrais peut-être faire appel à vous, ça peut m'intéresser au besoin, propose la colorature.

— Je ne suis pas bégueule, je prends tout ce qui se présente. J'ai besoin de beaucoup de temps libre pour m'adonner à ma passion. Impossible pour moi de me consacrer à un travail à plein temps, avec des horaires contraignants, un patron… Avec Ninja, l'écriture reste ma priorité absolue. Quand la création m'appelle, je suis incapable de lui résister. Vous êtes vous-même une artiste, vous me comprenez ? Mais dès que je pourrai vivre de mon art, j'arrêterai tous les petits jobs avec un bonheur !... Là, je viens d'avoir une opportunité en or, qui va me permettre de laisser tomber tout le reste et gagner une plus grande liberté !

— Ah oui ? interroge miss Crumble.

— Un job d'aide à la personne. Je dirais même : à la personne âgée. Au-dessous de soixante-quinze ans, s'abstenir.

— Quel grand cœur ! Mais c'est râpé pour moi alors. Je suis loin d'avoir atteint cet âge canonique.

— De toute façon, ça ne concerne que les hommes : vieux, riches, veufs et blets – plus verts du tout, rassis, si vous voyez ce que je veux dire... Je leur fais la lecture et leur redonne une deuxième jeunesse. Des histoires coquines. Les demandes affluent, je suis bookée, je ne peux plus répondre à la demande. Pas besoin de vous faire un dessin...

— Mais ce métier-là a un nom, mademoiselle. Vous êtes une pute ?

— Je sais. Appelons un chat un chat !

Mais qu'est-ce que les chats viennent faire là-dedans ? Je me le demande.

Miss Crumble éclate de rire, à en pleurer.

En s'engouffrant dans l'ascenseur :

— Scarlett m'avait pourtant prévenue ! Je me suis encore fait avoir !

Entre ses dents :

— Provoc, c'est sûr ! Mais pour l'humour, elle repassera : ce n'est pas toujours de très bon goût.

Ce qu'elle ignore, c'est que Lucie, cette fois, dit la vérité.

Même si plus grand-chose ne m'étonne dans la vie, la conversation que je viens d'entendre me laisse scotché sur ma deuxième marche favorite... Quand s'ouvre le lourd portail d'entrée… c'est Margareth, l'œil gonflé et rougi. Rhume ou gros chagrin ? Je me mets vite en mode télépathie avec vision à distance pour le savoir.

Quelques minutes plus tard, elle fond en larmes dans les bras de son amie :

— Humphrey me manque tellement ! Pourquoi est-il parti si vite ? C'était un si bon coup ! Avec lui, je n'avais pas besoin d'aller voir ailleurs. Et qu'est-ce que tu veux, malgré mes soixante-dix ans, j'ai encore de grands besoins physiques. Je n'y peux rien, c'est une question de tempérament. Je tiens de mon arrière-grand-mère paternelle, une drôle de saute-au-paf… Ma solitude me pousse à enchaîner les expériences toutes plus catastrophiques les une que les autres : sites de rencontres, agences matrimoniales, clubs de célibataires, d'échangistes… Gigolos, vieux, jeunes… Mon dernier escort boy m'a traité de cougar en se faisant la malle sans laisser d'adresse avec tous mes bijoux ! Tout est bon dans le cochon pour ne pas rester seule et assouvir mes fantasmes… Dans le lot, pas un mec bien. Que des nazes, des profiteurs, des vide-goussets ! Ma fortune en a pris un sacré coup. Je suis au bout du rouleau.

— Ta dépression n'est pas une raison pour ne plus répondre à mes coups de fil, lui reproche la colorature. J'étais inquiète, moi. Tu aurais pu m'en parler, une amie, c'est fait pour ça… Je vais m'occuper de toi, te sortir, t'emmener à l'opéra, compte sur moi… Tiens, réserve déjà ta soirée du 12 août pour ma « fête de l'été » dans le jardin. Et surtout, ne t'avise pas de me faire faux bond comme l'année dernière : cette fois, je viendrai te chercher, quitte à te traîner de force même en chemise de nuit !

Margareth sort de son sac un joli écrin en velours rubis :

— Avant que je n'oublie : tes nouveaux appareils auditifs BO !

La miss s'empresse aussitôt de les essayer devant sa psyché :

— Quels bijoux ! On dirait vraiment des boucles d'oreilles. Qu'est-ce que tu veux, ça, c'est l'Amérique !

Puis elle entraîne son amie sur la terrasse en sortant quelque chose de sa poche :

— Viens, on va les tester.

— Qu'est-ce que c'est ? demande Margareth.

— Un noyau de cerise. Je vais le lancer du quatrième étage dans la cour et, si j'entends le petit bruit qu'il fait sur la table de jardin de Mme Pilar, le test est positif. Chut ! Écoute…

Elle s'exécute :

— Tu as entendu ?

— Non, répond la veuve d'Humphrey.

— Il est temps que je te prenne rendez-vous chez Audika !

28

Charlatan

Miss Crumble vient d'intimer par téléphone à Maman Pilar d'interdire l'accès de l'immeuble à Ginkgo Biloba, son professeur de djeuns.

— Ma porquoi ? interroge celle-ci, tombant des nues.

— Ne me posez pas de questions, j'ai mes raisons ! Je ne veux plus jamais avoir affaire à lui, un point, c'est tout. Il devait me donner un cours aujourd'hui à 15 h. Guettez-le, faites ce que vous voulez, mais débarrassez-m'en !

À l'heure précise, au moment où le jeune professeur appelle l'ascenseur, Maman Pilar, derrière son rideau, intervient :

— M. Biloba, miss Crumble m'a demandé de vous transmettre ce message : elle a appris souffisamment avec vous et m'a dit de vous avertir qu'à partir d'auyourd'hui, elle arrêtait les cours.

Au lieu de repartir sans demander son reste, voilà que Ginkgo, piqué par je ne sais quelle mouche charbonneuse, se met à grimper l'escalier à toute vitesse. Je laisse Maman Pilar plantée là sans réaction et, sur la pointe des pattes, je me lance à ses trousses.

À bout de souffle, il sonne nerveusement chez la colorature, qui derrière son œilleton, comme d'hab, ne bronche pas d'un cil. Il commence alors à tambouriner à la porte avec ses poings tout en donnant des coups de pied. Elle finit par ouvrir :

— Qu'est-ce qui vous prend ? Pilar ne vous a pas prévenu ?

Hystérique, il devient menaçant :

— Vous n'allez pas vous en tirer comme ça ! J'exige des indemnités !

— Pas question. Et fichez-moi le camp… réplique du tac ou tac la miss sans se démonter.

— Et toutes ces heures que j'ai bloquées pour vous ? Il faut me les rembourser sur-le-champ !

À ce moment, la porte du studio d'en face s'ouvre, et Scarlett apparaît dans son armure de guerrière, très calme :

— Salut, Ginkgo !

L'œil exorbité, ce dernier dévale l'escalier en criant :

— Encore sur ma route, celle-là ! OK, OK, c'est bon… c'est bon ! Je capitule. Vous n'entendrez plus parler de moi !

Scarlett, en s'adressant à sa propriétaire :

— Vous n'êtes pas près de le revoir… Je vous en ai débarrassée à jamais !

— Mais expliquez-moi, Scarlett : en vous voyant, on aurait dit qu'il avait vu le diable en personne !

— C'est un peu ça, explique la jeune fille. Une amie à moi s'est fait avoir par lui il y a à peu près un an. Je l'ai poussée à porter plainte. J'ai même témoigné. Il se faisait passer pour professeur multicarte : taï jitsu, informatique, espagnol, russe, plomberie, électricité, piano, flûte… Un escroc à tout faire, quoi ! En présentant de faux diplômes, il arnaquait ses victimes : plutôt jeunes ou du troisième âge, naïves en tout cas. Très fort, le bonhomme ! Il prenait chaque fois un nom différent et le look de l'emploi. Il a d'abord investi les tours de la capitale, la Défense et le XIIIe arrondissement pour se constituer une grosse clientèle. La police a fini par le piéger, et il a écopé de six mois avec sursis et d'une très forte amende. Je pensais que ça lui aurait servi de leçon ! Et voilà qu'il change son fusil d'épaule, maintenant, en s'en prenant aux petits immeubles bien tranquilles.

Miss Crumble, en prenant Scarlett dans ses bras :

— Quelle violence ! J'ai vu le moment où il allait me frapper, me tuer... C'est un fou dangereux. Tu m'as sauvé la vie !

Elle s'empresse d'ajouter :

— Oh ! excusez-moi, dans l'émotion, je vous ai tutoyée...

— Continuez à le faire, c'est très bien comme ça !

Touchée, la colorature essuie une larme, une vraie.

Derrière son rideau, tétanisée, Maman Pilar voit passer Ginkgo à toute vitesse, le geste désordonné et la mèche en bataille. Elle se rue sur le téléphone, aux nouvelles :

— Miss Crumble, tout va bien ? s'inquiète-t-elle.

— Nous en voilà définitivement débarrassés. Il n'est pas près de remettre les pieds chez nous, cet escroc !

— Mais qu'est-ce que vous avez fait por le mettre dans cet état ? demande alors Maman Pilar.

— L'autorité, ma chère, l'autorité !

— Ma il est parti comme oun pet sour mon parquet ciré !

Le ton de la colorature se fait plus sec :

— Par pitié, Pilar, modérez vos paroles !

Certains jours, je me dis que Maman Pilar a un vrai talent d'auteur. Ses expressions revues à sa sauce mériteraient vraiment d'être publiées.

Quel best-seller ce serait ! Et ça mettrait, comme elle dit toujours, de la langoustine dans la paella ! J'imagine la tête de Dolorès et de toutes les gardiennes du XVe, se faisant dédicacer l'ouvrage à la queue leu leu au Salon du livre.

29

La nuit des étoiles

L'heure du bilan approche. On est le 12 août, et ce soir a lieu la « fête de l'été ». Le jardin est presque prêt à accueillir les invités, qui ont tous répondu présents. Dans l'immeuble règne l'effervescence d'un 31 décembre, avec une température atmosphérique de 25 °C. La journée a été ensoleillée et la nuit s'annonce tiède et estivale.

Dans les appartements, les locataires terminent de se préparer pour cette réunion conviviale annuelle. Maman Pilar dispose les dernières bougies sur les tables. Un grand buffet champêtre a été dressé sous le cerisier, avec de bonnes choses sucrées, salées, corbeilles de fruits de saison... Dans des seaux à champagne remplis de glace, les bouteilles attendent avec impatience d'être débouchées. Une sangria maison géante trône au milieu pour les amateurs. Sur un petit banc à notre hauteur a été prévu, pour nous les quatre pattes, un vrai minifestin, avec une fontaine d'eau fraîche. Tapis dans les hortensias, avec Yasmina éblouie qui inaugure sa première « fête de l'été », nous observons sans être vus, comme à notre habitude. Quant à Castagnette, elle s'affaire dans tous les sens avec sa maîtresse, venue donner un coup de main à Maman Pilar :

— Et si on accrochait les lampions sur toutes les branches du cerisier ?

— Bonne idée ! Mieux en tout cas que d'accrocher des cerises surgelées. L'année dernière, ça m'a coûté une jambe, y qué trabajo ! Sans compter que tout le monde a trouvé ça bizarre, des cerises au mois d'août… Attends, yé tiens l'échelle, c'est pas le moment de te casser la cabeza... En haut là, plous à gauche, Dolorès ! C'est ça. Là, il y a oun trou, tou vois bien ! Voilà, c'est mieux…

Après trois bons quarts d'heure d'avis contradictoires :

— Ouf, c'est fini !... Allons vite nous habiller avant que miss Crumble n'arrive pour accueillir les premiers invités.

Elles reviennent enfin, pomponnées, colorées comme des loriquets à tête bleue. Castagnette, égale à elle-même, un bijou de tête en strass multicolore de princesse emprunté à sa maîtresse posé entre les deux oreilles.

Entre chien et loup, les lumières s'allument et un parfum très puissant de Gardénia Passion d'Annick Goutal précède la colorature, dans une tenue à plumes des plus flamant rose !

Derrière ses lunettes de théâtre, elle inspecte et inspecte encore coins et recoins. Plus pile électrique que jamais, elle ne tient pas en place, sortant toutes les trois secondes fébrilement de sa minaudière duveteuse un poudrier pour houpetter son bout de nez refait. Mais ses yeux reviennent toujours, inlassablement, à l'entrée du jardin.

Maman Pilar et Dolorès attendent de miss Crumble des félicitations qui ne viennent pas.

— Monsieur Romero, vous êtes le premier ! lance la colorature de sa voix la plus cristalline en apercevant l'amiral dans son habit d'apparat, avec toutes ses décorations sorties de sa vitrine pour l'occasion.

Il se plie en deux pour lui faire le baisemain :

— Quelle élégance, ma chère !

Maman Pilar et Dolorès font semblant de prendre le compliment pour elles.

En chœur :

— Merci ! lancent-elles sous l'œil furibard de la propriétaire.

Mais qu'est-ce qu'il tient dans sa main ? On dirait... une glacière !

Presque en s'excusant :

— Je ne bois plus que des cocktails à base de gin. J'ai apporté mon petit matériel, si cela ne vous ennuie pas...

— Faites comme chez vous ! ne semble pas s'étonner Miss Crumble, préoccupée on dirait par tout autre chose.

Suivent les Rieth, Paul et Annie, main dans la main, plus amoureux que jamais, en jogging patriotique pailleté cocorico : bleu, blanc, rouge ; et leur amie Lara Klett, en tenue dessous-dessus Crazy Horse en dentelles mauves, qui squatte de plus en plus chez le couple pour le boulot.

Et ma Chatouche, dans une ravissante petite robe sage, bleu vichy à fines bretelles et babies, accompagnée d'Andréa Beaume en jeans et blazer, des mocassins Andy Warhol marine aux pieds, patinés par la papesse du soulier, Olga Berluti en personne.

Je souffle en catimini à Yasmina :

— Quel beau couple !

— Tu crois ? me répond celle-ci, toujours fleur bleue.

— Je n'ai même pas besoin d'entrer dans leur tête, leurs cœurs battent tellement fort à l'unisson ! Écoute.

— Je n'entends que les nôtres ! me répond-elle en se faisant plus chatte, tout contre moi.

À son tour arrive Scarlett, dans une armure étincelante rouge et or, avec Happy et Natsu sur une épaule ; elle est avec Lucie, plus « petite fille modèle » de la comtesse de Ségur que jamais, accompagnée d'un drôle de chevalier bleu et argent. Elle tient une cage dorée, avec Ninja à l'intérieur sur son nid de salade romaine :

Avec fierté, à haute et intelligible voix :

— Je vous présente mon éditeur, José Antonios !

Ouf ! Pute, même en CDD, n'était vraiment pas un métier d'avenir pour une jeune fille comme elle.

Miss Crumble, affolée, s'adresse à Scarlett :

— Et notre invité-surprise, il n'est pas avec toi ?

— Son avion a du retard, il ne devrait plus tarder…

— Olivier ! Mais qu'est-ce que tu fais là ? crie soudain de joie Solange Deville, une coupe à la main, en apercevant son frère.

Les jumeaux tombent dans les bras l'un de l'autre :

— Ça y est ! Je m'installe à Paris, près de toi. J'ai enfin obtenu ma mutation, et avec de l'avancement !

Soudain, comme téléguidé, il se dirige irrésistiblement vers Agnès Soubise, qui fait son entrée toute de bouton d'or vêtue :

— Bonsoir ! Lors de mon dernier passage à Paris chez ma sœur Solange, on s'est croisés dans l'ascenseur… Je peux vous servir une coupe de champagne ? Piscine ou pas ?

— Avec plaisir. Mais je me souviens très bien de vous. Vous étiez tout mimi avec votre pansement.

Yasmina, en se collant encore un peu plus à moi :

— Je n'ai même pas besoin d'entrer dans leur tête. Leurs cœurs battent tellement fort à l'unisson ! Écoute !

Je lui réponds tout doucement :

— Je n'entends que les nôtres !

Les hommes trinquent, les bulles remontent à la surface des flûtes et dans les têtes. Les verres se vident pour se remplir à nouveau. Dolorès s'empiffre de petits-fours. Les femmes parlent entre elles cuisine, crèmes miracles et tendances automne-hiver. Sans oublier au passage de féliciter Maman Pilar pour ses tortillas. On rit beaucoup, on se rapproche, on apprend à s'apprivoiser, à vivre ensemble et à s'accepter sans arrière-pensées ni faux-semblants. À s'aimer, qui sait ?…

De tête en tête, le courant passe. Mais surtout, ce qui est beaucoup plus important, de cœur en cœur : limpide, harmonique, sincère !

Mon rêve altruiste serait-il sur le point de se réaliser ? Faire des locataires de cet immeuble témoin un modèle d'universalité humaine ? Avec l'espoir fou de voir s'étendre cette fraternité, à d'autres immeubles, d'autres quartiers, d'autres villes, d'autres pays… Chats, chiens et toute autre espèce animale et végétale comprise. Pour un avenir meilleur pour tous !

Être digne enfin de faire partie de ce tout merveilleux et indissociable, cette planète bleue qui tourne inlassablement comme un manège depuis des millénaires. De ce cadeau inestimable qu'on appelle la vie !

À les voir virevolter, évoluer les uns avec les autres, je ne peux m'empêcher de considérer ces humains qui m'entourent – quand ils savent, bien sûr, nous respecter autant qu'on le mérite – comme ils nous voient eux-mêmes, ni plus ni moins : des animaux ! Un poil différents, avec leurs codes bien à eux, leur morale… amorale. Finalement, comme on est les leurs, les humains sont nos animaux à nous !

— Darling ! Tu es venue, ma chérie… vocalise chaleureusement miss Crumble en apercevant son amie qui s'avance dans un tailleur Chanel gris perle.

M. Romero semble subjugué :

— Qui est cette créature ? demande-t-il, tétanisé.

— C'est mon amie Margareth.

Lui, suppliant :

— Oh ! présentez-moi… S'il vous plaît !

Et l'amiral l'accapare aussitôt, l'entraînant dans le coin le plus sombre du jardin :

— Je vais vous chercher un drink. Que voulez-vous boire ?

— La même chose que vous... répond-elle, troublée.

Après avoir fouillé dans sa glacière et agité son shaker comme jamais, il revient vers elle avec son breuvage.

En marquant le verre de ses lèvres rouge cerise :

— Sex on the Beach ! C'est mon cocktail préféré, avec Pick Me Up !

— Je voudrais vous poser une question : vous aimez les colliers de perles ?

En guise de réponse, elle se jette sur lui et l'embrasse fougueusement. Ils tombent dans un gros buisson de trèfles à quatre feuilles en fleurs.

— Papa !

Scarlett court se jeter dans les bras de son père.

Miss Crumble donne le signal à Maman Pilar qui arrive, aidée de Dolorès, avec un gros vacherin piqué de fraises des bois et une bougie scintillante au milieu :

— Joyeux anniversaire, Loïc ! murmure tendrement la colorature à l'oreille du père de Scarlett :

— Merci ! Enfin !

À l'assistance :

— Ce soir, c'est la « nuit des étoiles » !

Tous les regards se lèvent en même temps vers le ciel. Des millions de petits diamants brillent de mille feux dans le firmament bleu nuit :

— Scarlett, Scarlett White ! Regarde, juste au-dessus de ta tête, une étoile filante. Vite, il faut faire un vœu !

Je n'ai pas besoin d'entrer dans leur tête pour deviner qu'ils ont fait le même.

Moi aussi, j'ai fait le mien.

En silence, il et elle se noient dans le regard de l'autre. Et se parlent comme Maman Pilar et moi, avec les yeux. Mais c'est elle qui fond en larmes la première.

Je saute sur ses genoux, ému à mon tour, pour essayer de la consoler :

— Mon Johnny ! Tu es là, mon Johnny ! lance-t-elle en retrouvant aussitôt ses esprits.

Et là, le déclic se produit ! Le miracle que j'attends depuis si longtemps, ce cri du cœur pensé, répété, si longtemps retenu, plus phonème que feulement, résonne du fond de ma gorge comme un clairon sous le Grand Chariot, d'une voix chaude, sensuelle, masculine :

— Mon nom est Julio, Julio !

« Julio, Julio, Julio ! » répète infiniment l'écho dans les étoiles.

Mon vœu a été exaucé. J'ai enfin accès à la langue des deux pattes ! Et j'ai damé le pion aux babouins ! Yess !

Par contre, je ne m'attendais pas du tout à la réponse de Scarlett White : un miaulement de toute beauté, si pur, digne de la plus grande colorature, sans fausse note :

— Miaouououou !

Je traduis pour ceux qui n'auraient pas compris :

— Pardon, pardon, Julio !

Elle entonne aussitôt le célèbre *Duo des chats* de Rossini :

— Miaiaou… Miaiaou…

« Miaiaou… Miaiaou », répète l'écho en stéréo qui vocalise dans les étoiles…

Dépassée par les événements, l'assistance bouche bée se demande ce qui se passe. Dolorès et Castagnette interrogent du regard Maman Pilar, qui me fixe intensément.

Mais ça restera notre secret, à miss White et moi !

LE PETIT MONDE DU CHAT PORTE-BONHEUR

LYVIA D'ALCHÉ

Julio est un petit chat de gouttière pas comme les autres. D'une sagesse féline sans bornes, il est toujours à l'écoute de son prochain et s'est donné pour mission de servir de lien entre les humains de l'immeuble où il habite. Le matou est le seul à pouvoir maintenir le fragile équilibre entre un amiral psychorigide à la retraite, une hôtesse de l'air ou des trentenaires ultra-connectées... Son talent de médiateur fascine l'excentrique Miss Crumble, la propriétaire de l'immeuble. Elle le pousse à accepter le rôle star d'un film animalier aux USA... Une sacrée ambition pour le chat porte-bonheur qui aura besoin de l'aide de tous les locataires pour réussir ce défi. Tout ce petit monde s'envole donc pour Hollywood. Une aventure qui pourrait bien changer leurs vies à tous…

Quand tout va mal, l'amour d'un petit chat peut tout changer.

Achevé d'imprimer en mai 2021
sur les presses de la Nouvelle Imprimerie Laballery
58500 Clamecy
Numéro d'impression : 105092

Imprimé en France

La Nouvelle Imprimerie Laballery est titulaire de la marque Imprim'Vert®